文學新象 142

因為遇見你

君と会えたから……

喜多川泰◎著
黃郁婷◎譯

高寶書版集團

文學新象 142

因為遇見你

君と会えたから……

作　　者：喜多川泰
譯　　者：黃郁婷
總 編 輯：林秀禎
編　　輯：楊詠婷
出 版 者：英屬維京群島商高寶國際有限公司台灣分公司
Global Group Holdings, Ltd.
地　　址：台北市內湖區洲子街88號3樓
網　　址：gobooks.com.tw
電　　話：（02）27992788
E-mail：readers@gobooks.com.tw（讀者服務部）
pr@gobooks.com.tw（公關諮詢部）
電　　傳：出版部（02）27990909　行銷部（02）27993088
郵政劃撥：19394552
戶　　名：英屬維京群島商高寶國際有限公司台灣分公司
發　　行：希代多媒體書版股份有限公司發行/Printed in Taiwan
初版日期：2009 年 12 月

國家圖書館出版品預行編目資料

因為遇見你/喜多川泰著 ; 黃郁婷譯. -- 初版. -- 臺北市 : 高寶國際出版,
希代多媒體發行，2009.12
面 ;　公分. --（文學新象；TN142）
譯自 : 君と会えたから……

ISBN 978-986-185-392-5（平裝）

861.57　　98022871

〈推薦序〉

活出精彩的自己

資深文化人　喻小敏

「這輩子，你想做什麼？」這個人生最重要的問題，有多少人真正認真思考過，做出計畫，並且實踐它？

《天下雜誌》最近針對十五至二十二歲的高中職和大學生做了一份關於生命教育的調查，結果竟然發現超過四成的大學生最苦惱的事情是「不知道自己要做什麼？」對於這群迷航的世代，我推薦他們讀這本書。

這本書裡的高中生洋介原本也是一個苦悶少年，對未來徬徨，做什麼事都提不起勁。高二升高三的夏天，一個愛穿白衣的女孩卻改變了他的一生。這個女孩到洋介家裡開的書店來買書，對女孩的情愫，促使洋介也讀起了這本書，並且立刻現學現賣，「要瘋狂地相信夢想會實現，只要不斷投注熱情、付出行動」，就能和女孩成為好朋友。

女孩卻告訴洋介，光只有夢想是不夠的，還要懂得實現的方法。兩人於是開始相約見面，女孩為洋介上了一系列寶貴的人生課程。二十年後，洋介成為一個成功的企業家，不只如此，他還兼具作家和畫家的身分。那個女孩在那個奇蹟般的夏天所教他的事，洋介一一付諸執行，擬下一份包含施與受的完整人生願望清單，將自己的優點發揮到極致，擁有財富，心想事成。

大學生苦惱於「不知道自己要做什麼」，根據白衣女孩所告訴洋介的，這個「什麼」可千萬不能是「工作」，因為工作只是實現人生夢想的手段之一。

這本書不只青年學子該讀，已在職場打滾多年的人讀來受益更多，可以幫助大家重新校準人生的羅盤，找回夢想，擁有創造幸福人生所需要的堅韌和智慧，不會被周遭混亂的價值觀所迷惑，活出精彩的自己！

目錄

因為遇見你……
The Goddess of Victory

畫廊 11
八月六日 17
漫長的一週 31
第1課 認識自己的夢想 為人生擬份清單 49
第2課 認識實現夢想的方法 擬第二份人生清單 74
第3課 富有的真相 「圓」怎麼唸？ 95
第4課 成為光芒四射的人 讓缺陷變成魅力 111
第5課 不要錯把手段當目的 達成目標的方法不只一種 120
第6課 做不到是先入為主的錯誤觀念 更是把可能變不可能的可怕敵人 132

電話 145
建議 157
春香的房間 167
日記 177
門後的真相 191
最後一堂課 209
勝利女神 217
信 221
後記 233

書封・版型設計 徐智勇
Mint

回想起來，
我的人生，
好像在那瞬間結束，
然後再次重生。

——感謝今天活著的美好，

獻給教我好好度過每一天的她。

畫廊

今天是個展的第十天。

前三天，還有親友或業界人士來光臨捧場；如今，畫廊裡人影寥寥，只剩幾位客人沿著掛著畫作的牆面緩步欣賞。

其中一位女性，已經在同一幅畫作前站了快三十分鐘。

她的表情沉穩，溫柔的目光彷彿穿透了眼前的畫作，望著遠處。

和佳終於等到表現的機會，便高興地跑到那位女性身邊，準備展現小小業務的功力。說是這麼說，她並不是想賣畫，只是想藉由自己的說明提升畫作的價值，好向我邀功，說她如何讓客人覺得我的畫很棒。

只不過，她會的也不過就是那幾句，全是現學現賣的台詞。

「這幅畫的色彩很細膩、內容很有深度；連畫框都能襯托這幅畫的意境哦！」

那位稍微上了年紀的女性輕輕回過頭。

「哎呀，好可愛的小評論家。妳叫什麼名字？」

「和佳。」

「和佳，真好聽。妳幾歲啦？」

「五歲！」

和佳神采奕奕地張開五根手指頭回答，然後問道。

「阿姨，妳喜歡這幅畫嗎？」

「是啊。這幅畫太漂亮了，我都看呆了。」

和佳每次聽到別人稱讚我的畫，就會像自己被稱讚一樣，既得意又驕傲。

「這是我爸爸畫的哦！」

「真的嗎？和佳的爸爸真是了不起的畫家呢。」

她一聽更驕傲地說：

「還不止這樣呢。我爸爸還要更厲害、更了不起哦！」

那時，我剛匆促地在四天內完成去美國談新合作案的行程；飛機才降落日本，又馬上趕去參加董事會，接著去出版社和編輯討論即將出版的新書。

等我回到畫廊，已經是閉館前幾分鐘了，畫廊裡已沒有半個客人。

一進入畫廊，和佳立刻撲過來。

「爸爸！」

「我回來了，和佳。今天有沒有好好幫爸爸做介紹啊？」

「有，我今天一共跟五個客人做介紹了呢！」

和佳得意洋洋地說。

「好厲害啊！難怪大家會那麼喜歡爸爸的畫，原來都是和佳的功勞。」

「我還跟一個阿姨講話講了一個小時哦。」

「講了那麼久啊？」

「那個阿姨真奇怪。明明這裡的畫那麼多，她卻一直看著同一幅，看了整整一個小時呢！」

「真的啊。她看的是哪一幅？」

「那一幅！」

和佳指著題名為『勝利女神』（The Goddess of Victory）的白衣少女

畫。

「阿姨說，『那幅畫給人很幸福的感覺，讓人感動得想流淚』，然後她就哭起來了。我就跟藤子阿姨說，『為什麼覺得幸福還哭，好奇怪哦！』」

聽到那個名字，我的心頭忽然一震。

「和佳，妳剛剛說阿姨叫什麼名字？」

「藤子阿姨啊。我們已經變成好朋友了，她還跟我約好，說下次還要再來看畫。」

聽完和佳的話，我茫然了好一陣子。

現在的我，在大家眼裡是「成功的人」，每天過著幸福的日子。但是二十年前，我從來沒想過自己可以擁有這樣的生活。

我並不是一開始就走在成功的道路上，甚至剛好完全相反。當時的我不但對未來沒有頭緒，每天徬徨不安，只日復一日過著茫然的日子。

對，直到那個夏天……

藤子阿姨。

直到和佳說出這個名字之前，我已經很久不曾想起她了。

但是，我從來不曾忘記那個人，因為不可能忘記。

……沒錯，就是「藤子阿姨」。

那是她母親的名字，錯不了。

和佳口中的名字，一口氣把我拉回了二十年前的夏天。

那個大大改變我人生的十七歲夏天……

八月六日

那年暑假，氣溫不斷創新高。

我還記得那天是八月六日。

我正在幫家裡顧店，一個人坐在收銀台前。

那時，我家經營一間小書店。在我小時候，我家書店的生意還算興隆，現在卻是稀稀落落；偶有顧客上門，也只是用眼睛掃一下書架後就轉身離開。可能是找不到想買的書吧！總之，店裡幾乎很少有兩位客人同時上門。

自從幾年前，附近那間備有專用停車場的大型書店開幕後，我家書店

就是這幅光景。那家大型書店除了賣書，還賣文具、飾品、遊戲等商品，因此常有國高中生上門光顧。我猜，那些人應該是在那裡找不到想買的書，卻又不死心，才會來我們家碰碰運氣吧！

因此，我顧店的時候根本賣不了幾本書。

以前，為了讓大人小孩都能找到自己想看的書，我家擺了許多漫畫、雜誌、小說等暢銷商品。自從那家大型書店出現，即使我們架上擺的東西跟對方一模一樣，也賣不出去。最後，老爸做了一個大膽的決定：以後我們只賣自己想賣的書，就算賣不出去也無所謂。

幸好，家中年紀最小的我已經上高三，靠著之前生意好時存下的錢和教育保險，加上最近才知道老媽偷偷瞞著老爸進行的一些投資，讓書店即使賺不到什麼利潤，家裡還是有錢供我唸大學，並讓全家都安穩過活。

老爸的決定，給書店帶來了三個變化。

第一是客層的改變。

當我們店裡不再擺漫畫、雜誌之後，顧客數量大幅縮減，但主顧客倒是變多了。由於老爸盡可能挑別家沒有的書擺放，因此店裡全是他自己喜歡的書。後來，許多顧客便專程來找只有我們才有的書。

第二是順手牽羊的人變少了。

我家位在鄉下的商店街，鐵捲門一拉起來，面對道路的那邊全都可以進出，空間非常開放；加上商店街有遮雨棚，有些書會放到外面的露天推車，偏偏櫃檯又在書店的最裡面。總而言之，我家對偷書賊來說，就是好偷、好逃、又不容易被逮，是最好的下手目標。因此，順手牽羊一直是老爸最頭痛的問題。

那些偷書的小鬼們可能覺得「不過就是一本漫畫而已，有什麼了不起」；但對店家來說，一本書被偷，就得賣七、八本才賺得回來。最慘的時候，整個月的營收甚至全賠了進去。因此，就書店來說，那些小偷書賊的行為簡直跟殺人沒有兩樣。

不過，在老爸改變經營方針後，順手牽羊的情況大大減少了，因為店裡進的都是偷書賊不感興趣的書。老爸對這個意外的附加價值感到相當滿意。

第三個變化，請容我稍後再說。

故事再回到八月六日。

那天，我獨自坐在櫃檯裡，望著街上的人來人往。

商店街上的行人似乎沒察覺有人坐在店裡觀察他們，每個人的表情都很放鬆，偶爾還能看到朋友三三兩兩經過。

像這樣觀察著來往人群，就會產生一種奇妙的感覺——即使沒有牆阻隔，我和街上的人群仍彷彿分屬兩個世界。那裡生氣勃勃，這裡靜止不動。那裡的人們毫不停歇，不知為了什麼而匆忙，完全沒有停下腳步進來這個世界的打算。那種感覺就像坐在岸邊看漂流木一樣。

這一天，老爸吩咐我看店，說是要出去吃午飯。我知道老爸要去哪裡——附近的咖啡廳，而且商店街的其他人應該也在那裡。他們聚在那兒是為了看高中棒球聯賽，沒有兩小時是不會散會的。

（……高中棒球啊……）

我喃喃自語著。

記得好像是小學三年級吧，我開始對棒球產生興趣，同時迷上了高中棒球。從那時起，每年春夏兩季，我都會抱著電視機緊盯球賽。它成了我寒暑假最期待的娛樂，我的心情也隨著每場比賽忽上忽下。對那時的我而言，電視裡每個高中生選手都是英雄，更是成熟的大人，我從來沒想過他們和職棒選手在年齡或球技上有什麼差距。

不過，在我升上國中、參加足球社團之後，便漸漸不再熱衷棒球。

在那之後大約過了六年。一段時間沒關心高中棒球，現在再看球賽，電視裡的學生選手忽然變成了一群小孩子。看著拼命追著球的他們，我不再覺得他們是英雄或成熟的大人了，只覺得不過是一群棒球打得不錯的高中生，而他們的球技更遠遠比不上職棒選手。

所以我想不透，為什麼大人會那麼熱衷高中棒球。

正當我自顧自地搖頭，店裡來了一位客人。

「今天是洋介顧店嗎？了不起哦！」

他叫阿勝，是老爸的朋友。說實在，我時常不曉得該如何稱呼老爸的朋友。以阿勝為例，我完全不知道他姓啥名啥，只知道老爸這麼叫他。所以，即使知道很失禮，我也只能跟著叫他「阿勝」。

「阿勝，你找我我爸嗎？他去『HOPE』看球賽了。要叫他回來嗎？」

阿勝從書架上挑了一本書，往我這邊走過來：「不用了，我只是過來買書而已。倒是你爸，不讓你好好唸書，居然叫你顧店、自己跑去看球賽。下次遇到他，我幫你好好唸他一頓。」

「不用啦，這也沒什麼……」

我一邊找錢給他，一邊苦笑著。

十七歲少年的暑假，應該是忙著玩、忙著讀書，忙著做自己喜歡的事。但我的十七歲暑假卻一點也不燦爛。老實說，那時的我根本提不起勁做任何事。

倒不是我沒有在為自己的將來做打算。雖然還沒有確切的目標，但至少有想過高中畢業後要上大學——雖然我連要讀哪所大學、唸哪個科系都還沒決定。

說實話，會決定上大學，是因為我不知道自己將來想成為什麼人、想做什麼事，即使高中畢業出社會，也不曉得能做什麼，只好拿升學當拖延手段。

既然如此，就更應該好好讀書才對，雖然我很清楚，但就是完全提不起勁。

不然，乾脆豁出去好好玩個痛快也行。但真的去玩了，又一直記掛著唸書的事、心裡滿是罪惡感，覺得現在不是做這種事的時候。我就在這樣複雜的內心糾葛中，白白浪費掉最寶貴、最青春的十七歲暑假。

對於完全提不起勁唸書、又不知道能做什麼的我來說，顧店正好給了我一個最好的藉口。因為是老爸拜託的，所以我名正言順的可以不用唸書。

（我究竟是什麼時候開始變得這麼消極呢……）

等夏天的球季結束，電視裡那些高中生選手就會開始思考畢業後的出路，看是要繼續打棒球、往職業選手的道路前進，或是決定升學。但是，那也只是其中一小撮人的煩惱而已。絕大多數的學生選手們，過去的生活裡只有棒球，一旦回到現實，就只會感到茫然失措。所以，他們才會那麼拼命地追著那顆小白球吧！

我看待高中棒球聯賽的態度，令人驚訝的冷漠。

只是，如果那些選手們現在必須開始決定未來，等於我也到了不得不思考自己往後人生的時期了。

小時候，我們常說「自己長大以後想做什麼」，想做的事也經常改變；感覺每件事都不是那麼認真，但每件事似乎都有可能。

或許，在那個時候，「長大」對我們來說還很久遠吧？久得像是永遠不會到來。但是，那個看似遙不可及的未來還是到了——而且就在一年之後。

小時候經常掛在嘴邊的夢想，隨著「長大」，開始越來越少被提到。

（這麼一想，我好像很久都不曾說自己「想做什麼」了。）

我就這樣沉浸在自己的思緒中，愣愣地想著事情。等我回過神，店裡不知何時進來了一位客人。

一看到她，我不禁屏住氣息。

那是個美麗得不該在我家書店出現的少女。

她的出現，讓店裡氣氛頓時改變。

她似乎比我大兩、三歲，即使是盛夏，肌膚依舊白皙透明。白色上衣搭配白色長裙，略大的遮陽帽蓋到耳邊，帽緣露出幾縷髮絲，很有成熟女人的韻味。

我從來沒遇過氣質這麼特別的女孩。和那些愛穿無袖背心、短裙，衣著越短越好的同年女生；還有我，都彷彿是不同世界的人。

我突然對自己連頭都沒梳、剛起床的模樣不好意思了起來。

她看著手裡的紙條，比對著書架上的書，找了一陣子之後，終於拿著一本書向我走近。

我心跳得厲害，表面上卻盡可能保持鎮定。

她站到收銀台前，忽然噗嗤的笑了出來，說了一句讓我很意外的話。

「你是……洋介吧？」

「啊？」

由於太突然，我一句話都說不出來。尷尬了幾秒鐘，我才慌張地回答。

「我、我們在哪兒見過嗎？」

「之前來店裡時，我和你父親聊了幾句，他有提到你。他說他有一個年紀和我差不多的兒子，很愛睡懶覺。」

「這……不、不是那樣啦。還不都是三天前剪頭髮害的，之前頭髮比較長，不會像現在這樣亂翹。不過，我本來就不是什麼帥哥，頭髮亂翹也無所謂……」

我一邊壓著亂糟糟的頭髮，一邊文不對題地說著，越說越慌亂，臉都漲紅起來。為了不讓她發現，我故作鎮定，很快地改變話題。

「先、先別管我的事了。妳要買這本書嗎？」

「對，麻煩你了。這本書我找了很多地方都找不到，心想這邊一定有，就過來碰碰運氣，果然來對了。……另外，我想跟你們訂這本書，不知道可不可以？」她遞上一張長寬約九公分的正方形白色紙條，上面寫著書名。奇怪的是，上面還有許多不知名的摺痕。

「這我就不太清楚了，晚點我再問我爸。」

「那就麻煩你了，下星期我會再來一趟的。」

我和她的對話不到一分鐘就結束了，但這段過程卻整天都在我腦中縈繞不去。我已經完全被她吸引住了。

老爸回來後，我把紙條遞給他，說明訂書的事。

「她姓什麼？電話呢？」老爸問。

「她說你們見過，我以為你有她的連絡方式。」

說實在，當時我根本沒時間想到這些，她就已經回去了。

「沒關係。反正這是本好書，就多訂幾本吧！就算之後她沒來拿，我也想放幾本在店裡賣。」

說完，老爸很快地就找到出版商的電話，打電話訂書了。

這就是老爸的決定帶來的第三個變化。

——我和她的相遇。

漫長的一週

從那天起，我就開始對那個女孩非常在意，一回過神來，就發現自己在想她的事。

每每想到初次見面的情景，除了懊惱還是懊惱。

（為什麼起床後沒把頭梳好？為什麼沒問她的姓名和電話？為什麼沒有更積極地和她說話……）

現在才想那時應該這樣那樣，已經太遲了，但我還是忍不住。

很快地，我就開始幻想下次她來的時候該怎麼做。她說一星期後會再來店裡，讓我非常盼望能再見到她。等到下次見面，我一定要……

兩天後，她訂的書來了。我當然充滿了好奇。因為現在我對她唯一的認識，就是她很想讀這本書。

聽到我成長的環境，大部分的人都會認為我從小一定讀了很多書。說來慚愧，我活到十七歲，「讀書」兩字幾乎和我無緣。甚至和同年齡的小孩相比，我都算是不讀書的那一類。

這件事老爸也有一點責任。從小他就嚴厲告誡我：「店裡的書都是要賣給客人的，不能隨便亂碰。想看的話就自己買！」

由於當時店裡還擺著漫畫，老爸可能不想讓我接觸，才會這麼說吧。但就算要我買，一想到自己喜歡哪些漫畫會被老爸知道，我就混身不自在。但我更討厭去別家書店買書。所以到最後，別說是一般的書了，就連漫畫我都很少看。

如果我跟老爸說想買一本她訂的書，不曉得老爸會怎麼想？我開始尋找機會，想不著痕跡地提出自己也想讀那本書。終於，機會到了。

原本以為會被老爸取笑，結果是杞人憂天。

「當然好啊！這是本非常好的書，我本來就想送一本給你，所以就多訂了。你就讀讀看吧！」

老爸很爽快地送了一本給我。

接下來兩天，我幾乎完全埋首在那本書中。原本我的動機只是想多了解她；沒想到，一開始讀下去，卻讓過去沒看過幾本書的我，感受到前所未有的衝擊，甚至遠超過我和她相遇時受到的震撼。

老爸之前經常要我多讀書，我總把他的話當耳邊風，因為我不認為一本書能改變什麼。但這本書卻徹底改變了我的想法。

就像我之前提過的，那時的我對任何事都提不起勁，既不想唸書，也沒有努力的目標。對於未來只會空等待和窮擔心，從不曾實際行動過，任憑時間白白流去。

日復一日，我對這樣的自己感到越來越懷疑及焦躁。

現在只有行動才能打開僵局，我雖然明白，卻又不知道能做什麼。就算知道，也提不起勁，只是不斷地惡性循環。

而那本書，則在我內心掀起了小小的風暴。

——**要永不退縮，以著魔般的熱情不斷行動！**

那本書不斷地重複這句話，並舉出那麼做會帶來多大的成功，多少成功的名人都是那樣堅持到底的，毫無例外。

我越讀越著迷。讀完三分之一後，我甚至覺得這本書完全是為了我才存在的。我深深獲得共鳴，感動、雀躍不已，激動得在房間裡走來走去。

特別是看到中間，那裡的內容更讓我感動。我忍不住拿起筆畫上紅線，彷彿那麼做，那些話就會變成我的。

人在思考未來的時候，
除了會想像成功時的情景，
更多是想著如果不順利的話怎麼辦，
甚至是一開始就抱著不可能會順利的念頭，
然後決定自己接下來的行動。
夢想越遠大，想法就越消極。
還沒開始，就先斷定不會成功，

將實現夢想所付出的行動，
視為樂透般報酬率極低的投資，
最後，就放棄付出任何努力。

但是，那樣是不對的。
如果所有事情都心想事成，想要什麼都一定能得到，
我們的人生就失去目標，也失去了方向。
若是有人問你，如果保證可以成功、你的願望絕對會實現，
你想要什麼？
那時你心中浮現的第一個想法，
就是你真正想做的事，也是絕對可以達成的目標。
但重點是，不能只是空想，

無論想得再怎麼殷切，空想終究不會使夢想成真。
實際行動才是關鍵。
非比尋常的遠大夢想，當然很難在兩、三天內實現，
遠大的夢想，自然需要更長久的時間，
但總有一天會達成。

要瘋狂地相信夢想會實現，
只要不斷投注熱情、付出行動，
再遠大的夢想，終會成為可到達的應許之地。
不經過冷靜分析及積極行動，
就不斷用消極的想法限制自己，
只會把可能的事變成不可能。

讀完那本書的隔天，我開始自告奮勇地顧店。

她說，下星期她會再來一趟。現在就是她說的下星期了。不管怎樣，我都要再見她一面。

（見到她後，要跟她說什麼呢？）

總之，先問她的姓名，再盡量找到進一步發展的契機。但是，我該怎麼做才好？

那時，我「投注熱情、付出行動」的對象，不是學業、也不是偉大的夢想，而是一個連名字都不知道的女孩。而我「無論如何都要實現的夢想」，就是「和她成為好朋友」。

我立刻開始實踐那本書給我的啟發：「只要相信並行動，夢想就一定會實現」。

由於我從不曾主動和女孩子說過話，因此要鼓起極大的勇氣。光想到她今天可能到書店來，我的心就緊張地亂跳；我一邊壓抑著激動的情緒，一邊如往常般望著沒半個客人的店內；然後想像著她走進店裡的情景，想著該如何和她說話……

（「啊，妳是上次訂書的小姐……上次忘了問妳的聯絡方式，結果被我爸唸了好久……」如果我這麼說，她很可能會那樣回答，然後我再……。不好，還是等她先開口，我再問「妳有什麼事」好了。但是，如果有其他客人在場怎麼辦？）

說來有點丟臉，我就這樣在心裡想著：「如果她那樣，我就這樣；但如果事情變那樣，我再這樣」等等，反覆想像著和她說話及見面的場景。不只是台詞，連表情、動作及說話方式，每個小細節都再三琢磨。

待在閒得發慌的書店裡，一心等待她的到來，就算不刻意去想，一不留神又全在想她的事。看見這樣的自己，我不禁苦笑起來。

苦笑的原因是，如果我把這樣萬全的準備及強烈的熱情，投注在自己的夢想上，應該什麼夢想都會實現、還能過著自己想要的美好人生吧！

但是，她卻一直沒出現。

她初次來店裡那天是八月六日星期四，所以我以為她會在下星期四過來，但都到十四日星期五了，她還是沒來。

為了這星期可以待在店裡，我找了各種理由把老爸支開，自己留下來顧店。但理由也差不多快用光了。

我的房間正對著商店街；從窗戶往下望，正好是書店入口。不是我顧店的時候，我就會從房間窗戶偷看她來了沒有。

我等到有點亂發脾氣地想：也不想想有人在等妳，怎麼還不快點來！想起自己一頭熱地幻想和她再會的情景，就覺得自己活像傻瓜。

不過，她說的「下星期」還沒有結束。我抱著複雜的心情望向街道，感覺她似乎再也不會出現了。

然後，星期五也結束了。

晚上吃飯時，我決定向老爸探探消息。為了不讓老爸問東問西，我在詢問前就先替自己想好藉口。

「上星期我顧店的時候，不是忘了問訂書人的聯絡方式嗎？那件事我有點在意……之後，那個人來拿書了嗎？」

「還沒。別擔心啦，如果對方要書就會過來拿的；就算不來，擺在店裡也能賣。像阿勝應該就會喜歡吧。」老爸一派輕鬆地說。

隔天，老爸又拜託我顧店，說是「出去吃個中飯就回來」，便跑去「HOPE」打發時間了。

那個時候，我已經不再為了她來不來店裡而感到緊張或焦躁；對於一直想著該跟她說什麼，也想得疲累了。後來，我每天只剩下單純的等待。

她來不來都無所謂了；反正營業時間一到，我就可以從等待中得到解放。

等待成了一種義務，我甚至都快忘了自己是為何而等待。

最後，終於到了她所說的「期限」最後一天……

那天，我坐在收銀機旁，為了避免因無所事事而胡思亂想——我現在最不想做的事就是胡思亂想——便打算去挑本書來看。

我走到老爸的書房，從架上選了一本看起來似乎挺有趣的書；忽然發現：原來我身邊就有這麼多好書。

（看來，不怕沒東西打發時間了。）

我高興地轉身回到店裡，赫然發現八天不見的她正站在眼前。

「你好啊，洋介。我原本還擔心你們會在盂蘭盆節[1]公休呢。幸好有營業，真是太好了。」

1　盂蘭盆節（國曆七月十五日），日本除了新年之外最重要的節日，也叫中元節。前後大約會放4到8天的假，日本人會在這段時間回老家掃墓。

「啊……」

由於太過突然，我再次愣在那裡，一句話也說不出來。

「我是來問上次的那本書，你們可以訂嗎？」

「啊……上次的書已經送到了。是這本對吧？」

「咦？唉呀，那時我只是問問而已，沒想到你們連書都幫我訂好了。」

「訂得太快了嗎？妳不需要了？」

「怎麼會呢？我只是沒想到今天就能拿到書，所以沒帶錢出門。我下次再來拿可以嗎？」

我已經厭倦這種不確定的等待了，一時不曉得該怎麼回答。然後，我的內心開始出聲慫恿。

（行動、快行動！）

「錢的事沒關係，妳先帶回去看吧。妳不是很想早點讀到這本書嗎？」

「這樣不好啦。」

「沒關係，錢我先幫妳墊；而且這本書真的很好看耶。」

「你之前讀過這本書嗎？」

「我是很想這麼說啦，但其實是妳訂書之後，我才對它產生興趣的。」

「這麼說，你居然比訂書的我還早看完這本書？」她笑著說。

「對耶，真抱歉。」我有點不好意思。

「不過，我覺得能遇到這本書真是太棒了！因為它簡直就像是為我而寫的一樣……當然，能遇見這本好書都是妳的功勞。所以，就把它當成我的謝禮好啦。」

她愣了一下，然後伸出雙手接過書。

「謝謝你。說實話，我的確很想快點讀到它。但這份禮物我不能收，因為書不是自己買的就沒意義了。我會盡快還你書錢的……打招牌上寫的那支電話，可以找到你嗎？」

「咦？可、可以。」

「好。那麼，我明天一定會打電話過來的。到時再跟你約見面地點好嗎？」

「咦？好、好啊。」

她輕咬下唇，惡作劇地笑了一下，隨即拿起收銀台上的筆和便條紙，寫了幾行字後遞給我。

「這是我家的地址和電話。萬一我沒有連絡你，就麻煩你打給我吧！」

我只能愣愣地接過那張紙。她強忍著笑意對我說。

「洋介。」

「啊？」

「你果然和我初次遇見你的時候一樣體貼呢！謝謝你。」

看到我困窘得不知所措的模樣，她又笑了。

「我叫春香。請多指教囉！」

結果，我事先想好的台詞一句也沒用上。但我卻知道了她的名字和電話，而且她還會打電話來跟我約見面的時間。

我人生中最重要的一堂名為「春香」的課，就在那個瞬間開始了。當然，那時的我完全不知情。

那個星期六，蔚藍的晴空無邊無際地延伸，太陽格外熾熱，彷彿是上天對我無盡且溫暖的祝福。

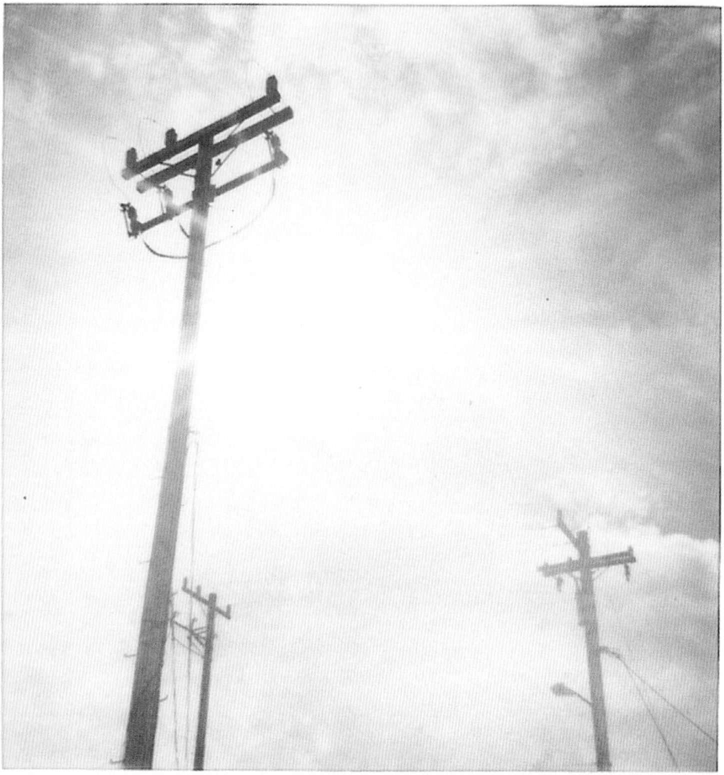

第1課 認識自己的夢想
——為人生擬份清單

隔天早上，春香照約定打了電話過來。我依她的提議，十點去市立圖書館前的電話亭和她會合。

盂蘭盆節都過了，早上還是熱得不得了，氣溫彷彿不斷地在飆升。

我提早了五分鐘到達，用手擦著額頭滴下的汗水，在電話亭旁等待。

等了一會兒，約定時間都過了，春香還是沒出現。我環顧著四周，發現穿著白色上衣的春香正站在圖書館裡開心地望著我。她朝我揮手，示意我走進去。

圖書館的冷氣很強，才一下我的汗水就乾了。

「到了怎麼不叫我呢？」

「對不起，我也是剛剛才發現你到了。對了，那本書我看完了。就像你說的，真的很好看呢！它不但讓我發現自己現在缺少什麼，更讓我產生許多勇氣。」

「沒有啦，那本書本來就是妳發現的啊。」

「能在同個時間點遇到和自己讀同本書的人，真的是很棒的事；因為可以分享共同的經驗和感動。當我看完那本書，就能馬上了解洋介讀完時的心情；我想，洋介應該也能了解我現在的心情吧？」

「嗯，妳說的那些話，的確讓我心有戚戚焉。」

「每次我讀到讓自己感動的好書，就打從心底想把這份感動傳遞出去。所以，我經常推薦別人去看我喜歡的書，只是過去都沒有人接受我的建議。所以啊，洋介是第一位在同個時間點、和我看同一本書的人哦！」

春香天真地笑著。

「真的很謝謝你，我才能遇到可以理解這份感動的人；那真的是一件很幸福的事。」

「哪裡，我才是託妳的福，不然怎麼有機會遇到那本書呢？而且……」

那時，我很想告訴她「也因為這樣，我才能遇見妳」。但不用想也知道，我沒勇氣那麼說。

「而且什麼？」

「沒、沒什麼啦。對了，而且我爸很稱讚妳哦。他說，沒想到妳和我同樣年紀，居然知道那種好書，還對它有興趣，真是了不起！」

「其實那本書是我爸爸推薦的。他說，現在的我看了一定會有很多收穫。」

「是不是每個爸媽在小孩遇到問題時，都會叫他們去看書啊？」

「呵呵，可能吧。不過，我們家的情況和洋介想得有點不一樣。當我有煩惱、心情不好或遇到困難時，爸爸都會要我去看可以克服那個問題的書。而且，都是光讀就可以把問題踢到九霄雲外的好書哦。看完之後，就會湧出克服那些困難的勇氣。」

「妳爸爸真的很愛妳。有一個可以在需要時提供幫助的人在身邊，妳真幸福。」

其實，我並不是為她爸爸教她解決問題的方式而感動，而是被她率真誠實的態度打動。

那時的我，很難老實地接受父母親的建議。老爸偶爾也會建議我讀某本書，但我一次也沒聽進去。

但我對春香說的話並不是諷刺。我打從心底羨慕她，擁有一個可以信賴又能給予自己建議的人。

雖然聽來很不負責任，那時的我，非常需要一個能強勢地逼我做出改變的人生導師。

至今為止，我一直都是我行我素；即使不聽別人的忠告，也不曾因此挨罵。我知道這樣下去不行，但要我自己去接近可能給予嚴厲建議的人，我又沒有勇氣。

所以，我一直在心裡默默期待，某天會出現一個強迫我做該做的事的人，不管是誰都好。簡單地說，就是想依賴別人。

「要是我身邊也有像妳爸爸那樣的人就好了……」

聽到這句話，春香臉上瞬間浮現陰影。從我們認識開始，我只看過她的笑臉，因此頓時有點不知所措。

「我很難得和爸爸見面。我想見爸爸時，都要先和媽媽說明理由，她認同了，才會安排我和爸爸見面。」

我意識到情況不妙：我碰到不該碰的複雜家庭問題了。我的臉頰發熱，內心不斷責備自己發言太輕率。

「這樣啊……」

當務之急就是趕快轉移話題。

「對、對了，妳不是本地人吧？最近才搬過來的嗎？」

「對啊。我之前住在東京，這個暑假才搬過來的。」

「這就難怪了。這裡說是城市，其實不過就是小鄉鎮，同年的孩子很少不認識彼此的。那麼，九月開學後，妳會轉到哪所高中呢？」

春香雖然恢復了往常開朗的笑容，但她的回答再度出乎我意料之外。

「這個我也不確定。我們現在住在媽媽的娘家，也不知道能不能一直住下去。說不定過陣子我得自己去跟爸爸住，所以，也不知道以後會怎樣。不過……」

「不過？」

「如果九月以後還住在這裡，可能會去北高吧？」

我好像又碰觸到不該碰觸的話題了。還好這次她回答得很開朗，算是救了我。

「真的嗎？那就和我同校了。」

「到時就請你多多指教囉。……不過，我有點意外呢！」

「什麼？」

「原來洋介還蠻會唸書的嘛。北高不是這一帶很有名的升學高中嗎？」

「那也要成績好才能升學啊。北高也有很多成績不好的學生，就像我。啊！妳剛剛居然說覺得很意外？」

春香開心地笑了出來。

「難道洋介不想升學嗎？」

「這個嘛……我大概會升學吧。不過現在還不確定。」

「不行啦！這種事怎麼可以不確定？」

春香突然大聲地說。我沒想到她會有這種反應，不禁縮了一下肩膀。圖書館大廳雖然可以交談，春香的聲音還是引來周遭的側目。

春香馬上轉向周圍，用極微小的音量說對不起，低頭表示歉意；然後轉回來對我吐了吐舌頭，繼續剛才的話題。

「洋介，你將來想做什麼呢？」

「就是不知道，才會煩惱啊。」

接著，我便把自認理所當然的道理（其實是我一直給自己的藉口）說給春香聽。

「我是想上大學，可是拼命唸書上了大學，也不能保證畢業後就能進好公司；就算真的進了一流企業，現在景氣這麼差，再好的公司也難保不會倒閉。

所以我也想過，既然如此，就不要勉強上大學，直接去考資格或證照，學個一技之長算了。最近這樣想的人也變多了，這樣就不用逼自己唸不喜歡的書。

不過，要唸技職學校，也得先想清楚將來想做什麼工作，才有辦法決定。這麼一來，問題又回到了原點。

我想就算再過一年，我大概也不知道自己將來想做什麼，最後也只能上大學。

不過，即使現在還不知道，我相信自己總有一天會明白的，畢竟我也希望將來會成功。等我上了大學，就會好好思考自己將來想做什麼的。」

我頭頭是道地說著。我想讓春香知道：我和那些不明白為何讀書、只會照著別人話做的傢伙不同，我懂得冷靜分析社會情勢——我想傳達這樣的印象，也自認為很成功。

春香聽完後，連眉毛都沒動一下，忽然伸手拉住我。

這個突發狀況讓我頓時心跳加速，跳得又快又激烈，心跳聲越來越大。

「跟我來！」

我被她拉進了閱覽室。圖書館內非常安靜，幾乎沒有半點說話聲，只有我們急促的腳步聲啪搭作響。

閱覽室的書桌幾乎被考生佔滿，只勉強剩下一個人的空間。我們別無選擇，只好從別處拖來椅子硬擠進那個地方。我和春香併肩坐在狹小的座位上，肩膀幾乎碰在一塊。

這是我生平第一次這麼靠近女孩子。春香的長髮飄來一股迷人的清香——大概是洗髮精的香味吧。突然間，我想起自己一路飆車過來，不知道身上會不會有汗臭味……

我的心臟仍不停地激烈跳著。

春香在我的耳邊小聲地說。

「洋介，我們來比賽。」

「比賽？」

「對，比賽！」

春香的眼睛閃閃發亮，我則滿腦子在擔心自己的心跳聲會不會被她聽到，或汗臭味被聞到。

她從隨身的筆記本撕下兩頁白紙，一張給自己，另一張遞給我，然後說道。

「這個比賽就是，我們同時在紙上寫下自己的願望：想去的地方、想學的東西、想嘗試的事或想達成的夢想……什麼都可以，越多越好。

就算不明確也沒關係，只要是稍微感興趣、或者想嘗試一下的事都可以。而且，不准考慮能不能實現哦！反正，只要是自己的願望，再大或再小的夢想都可以寫。

這張紙一面有十五行，一行寫兩個，正反面寫滿共六十個。先寫滿的人就贏了！」

「等等，太突然了啦！哪有人說寫就寫得出來的？」

「如果你贏了，我就跟你約會。怎麼樣？」

我以為我們這樣就算約會了，看來春香不這麼想。這個發現讓我有點失落，卻也激發了我的鬥志。

「但是，如果我贏了，你就得乖乖聽我一次。」

「啊？那要做什麼？」

「現在還不能說。不過你放心，我不會要你做很難的事啦。如何？敢不敢？還是你要放棄、就這樣回家呢？」

被她這麼一激，我的幹勁全上來了，無論如何都想贏。可以和春香約會當然是原因之一，更重要的是，我正處在聽到「比賽」兩字就眼睛發亮，不管什麼都想贏的年紀。

我故意問問題，想偷偷爭取時間讓腦袋多想一、兩個答案。

「那我再問妳……」

「我才不會上當呢！比賽開始！」

她笑著拆穿我的詭計，立刻開始動筆。

「喂，妳太奸詐了啦！」

話才說出口，我就後悔自己怎麼說出這麼不像男子漢的話，慢了一步才開始作答。

我們專心地寫著。這當中，我好幾次停筆甩手、拉拉關節，想稍微緩和一下手的酸痛，然後又趕緊埋頭狂寫。

比賽進行到一半，我就想不出還有什麼可寫，越寫越勉強。春香也開始慢下來，偶爾停筆思索，才能繼續寫下去。

我寫到剩下五個的時候，偷偷瞄了一眼春香手上的紙，發現她還落後我十個。

（太好了，我贏了！）

我高興了一下，隨即感到有些意外。

我本來以為，這場比賽既然是春香提出來的，她平常應該就有寫這些的習慣。可是她卻一項一項仔細思考過後，才慎重下筆。我突然對自己寫的內容感到不安。

我寫的願望裡，還包括了「出門有專屬司機的高級轎車接送」這種幼稚的東西，讓春香看到說不定會被笑。春香都是深思熟慮後才下筆，她寫的內容一定很偉大。既然目前勝券在握，剩下的五個就努力想一些偉大的願望吧！

我慢慢地寫完剩下五個。最後一個，是我從小藏在心底、因為不好意思而從未向他人提過的夢想——成為名畫家。

比賽以我的勝利告終。當我全部寫完、把筆放下時，春香才寫到我先前瞄到的那一項附近。

「我寫完了。」

「我輸了。」

春香笑著認輸，然後比了比「出去吧」的動作；我們站起來，再次往圖書館大廳走去。

「既然洋介贏了，我就照約定跟你約會吧！」

「等等。」

「你不願意嗎？」

「不是啦。我只是覺得，我都還搞不清楚狀況，事情就一直發展下去了。先讓我慢慢整理一下：我先問妳，為什麼突然要比賽？」

「因為我有事想告訴你啊！」

春香笑著說。

「我就是不知道妳想告訴我什麼，才會問妳的啊。」

春香故意誇張地咳了一聲。

「之前我和爸爸見面時，爸爸介紹了那本書給我；就是你之前看的那本。他說，那本書應該有我現在最需要的東西。

然後，他要我讀完後做一件事，就是我們剛才進行的比賽：擬定人生清單。」

「擬定人生清單？」

「沒錯，就是把這一生想達成的願望通通寫出來。比方說：想去的地方、想嘗試的事、想實現的夢想、想做的工作等等。總之人生只有一次，先別考慮做不做得到，就先把到死之前想做的事全部寫出來。」

「我還是不懂，為什麼突然要擬人生清單？」

「因為洋介說不知道自己想做什麼啊！現在證明那不是真的，因為你至少有六十件想做的事。」

「這……」

我無言以對。

「洋介。如果有人跟你保證，你剛剛寫的願望全都會實現，你會怎樣？」

「能那樣當然很好啦。只是怎麼可能，因為……」

春香打斷我的話，繼續說道。

「你先回答我的問題！我又沒問可不可能實現。我是問，如果你剛才寫的願望全部都能實現，你會覺得怎樣？高興？還是不高興？」

「當然高興啊。」我苦笑著回答。

春香淘氣地笑道。

「對嘛！我也會很高興。」

（「我也會」？那是什麼意思？是說她自己的夢想全部實現她會很高興，還是我的夢想全部實現她會很高興？）

我正想問清楚，但春香接著說。

「不過，我們剛才擬的並不是『如果實現真好』的清單，而是『一定會實現』的清單！」

「那怎麼可能……」

「就是可能！因為，我們的人生裡只有一件事是確定的，就是我們遲早有一天會死；但其他的事都是不確定的。

所以，那份清單上寫的夢想也有可能全部實現，不是嗎？也就是說，一定有方法可以做到。而且，只有相信夢想『一定會實現』、不斷付出努力的人，才找得到那個方法！那本書也是這麼寫的，不是嗎？」

我這才回想起來，那本書的確是那樣寫的。

——要瘋狂地相信夢想會實現，

只要不斷投注熱情、付出行動，

再遠大的夢想，終會成為可到達的應許之地。

不經過冷靜分析及積極行動，

就不斷用消極的想法限制自己，

只會把可能的事變成不可能。

當時我明明那麼感動，甚至還畫了線。

但是在被春香點醒之前，我還是被「反正不可能實現」的消極態度給箝制了。好不容易讀到這麼棒的一本書，我的想法卻一點也沒改變。

（真是懊惱！）

我盯著空中出神。

「洋介，你剛才說不知道自己將來想做什麼，所以很煩惱？」

「是啊……」

「我覺得那很正常。因為，每個人的夢想都不止一個；明明想做的事那麼多，卻下意識地覺得一定要從中選出一個才行。然後，就因為快畢業了、不得不離開學校了，就隨便從周遭的工作中挑一個當作未來的夢想。明明人生只有一次、是那麼地寶貴，我們卻這樣隨便就決定了未來。」

（沒錯！）

我在心裡強烈地附和。

（而且，大家都沒發現那樣不對、以為那是理所當然的。現在的我就正打算那樣地決定自己的人生……）

春香的話，慢慢解開了長久以來糾結在我心中的困惑。

「妳說的沒錯。每個人都是不同的，卻因為想過得和別人一樣而痛苦。強迫自己決定一個夢想，就等於強迫自己選擇和別人過相同的人生一樣！」

「就是啊。至少，世上就絕對找不到六十個夢想都和洋介完全一樣的人。能完成那份清單上的夢想，就等於活出只有洋介才能辦到的人生。這樣的人生，才是最快樂、最能激發出真正力量的人生。」

「因為每個人都是獨特的，才要創造出屬於自己的人生嗎……」

「沒錯。不過我爸爸也說了，大多數的父母，還是認為孩子必須趕快決定要走哪一行，對將來才比較好。」

「就是啊，學校老師也一樣，總是催促學生趕快決定自己的未來。」

「但是，許多有偉大成就的人，很少早早就決定某個未來，反而會努力實現所有的人生夢想。所以，比起那些已經決定將來要做什麼的人，像洋介這樣，想做的事很多、多到不知道該怎麼辦的人，成功的機率才更大哦！我相信如果是洋介，一定可以實現清單上的所有夢想的。」

我乾笑兩聲代替回答。我從不曾被人如此誇獎過，只能用笑來掩飾自己的害羞。

「哈哈，如果真能那樣就好了。看來，我必須仔細思考自己未來到底想過什麼樣的人生了。」

春香露出有點嘔氣的表情。她應該是對我沒認真把話聽進去的態度有所不滿吧？

她擁有如孩童般單純的心，對奇蹟深信不疑，讓我感到十分新鮮。春香的話語混雜著奇妙的童稚與成熟味，令我覺得不可思議。

「不過，我覺得妳真的很厲害耶。妳說的那些，一般高中生連想都不會想到吧？」

「呵呵，其實那些話全是跟我爸現學現賣來的。老實說，我一開始也是不自覺地想從周遭的工作中，選一個當成自己的夢想。但是爸爸跟我說，那樣會『活不出自己的人生』。」

活出自己的人生——我在心裡重複著這句話，突然意識到：如果繼續照以前的方式過日子，我那個尚在模糊階段的幸福未來，恐怕就很難成真了。我的心開始對春香的話產生共鳴。

「不知道為什麼，我突然很想嘗試所有夢想都能成真的人生了！」

「真的嗎？」

春香高興得雙手交握，然後說。

「我決定了！」

「決定什麼？」

「我要幫洋介實現夢想！」

「啊？什……？」

我一臉困惑，春香則從包包裡拿出一張正方形紅色摺紙，在白色反面那裡寫字；接著靈巧地摺著，看起來十分開心。

「其實啊，我爸爸教了我許多可以活出自己、活出燦爛人生的方法，我都還沒跟別人講過。」

春香一邊摺紙一邊說。

「我覺得它們一定對洋介的將來有幫助。如果洋介不嫌棄，我就告訴你。好嗎？」

「當然好啦。如果真有那麼棒的方法，我當然是洗耳恭聽。」

「太好了，我還擔心如果你說『不用了』，那該怎麼辦呢。」

春香開心地笑著，摺出了一架小小的紅色紙飛機。

第2課

認識實現夢想的方法

——擬第二份人生清單

「不過，妳之前就寫過人生清單了吧？怎麼還會輸給我呢？是不是故意放水？」

春香搖搖頭。

「其實，寫人生清單這個方法，是很多人用來實現夢想的手段，很多書都介紹過。所以我爸爸好像也試過。」

「因為成功了，所以才推薦妳嘗試？」

「才不是呢。雖然確實讓他知道自己想要什麼了，卻一點也不順利。

即使寫了很多夢想，他也努力付出行動了，但沒辦法順利圓夢。」

「意思是這個方法不好囉？」

「我爸爸一開始也這樣認為。但實在有太多成功的人推薦這個方法，他認為可能是自己的做法有錯，後來便做了一些新的嘗試。」

「比如什麼？」

「比如給所有的夢想規定期限，或把夢想訂得更具體一點。」

「原來如此。」

「然後，直到他做了一件事，他寫在清單上的夢想竟不可思議地一個個實現了。」

「那是什麼？」

「那就是——擬第二份人生清單。」

「第二份人生清單？」

「對。不是把原來的夢想再寫一次哦，而是完全不一樣的清單。今天我寫的就是第二份的人生清單，因為是第一次嘗試，所以沒有放水。」

「第一份和第二份有哪裡不一樣？我的夢想幾乎都寫在之前那一份了；如果要再寫第二份，很可能就會變成一些可有可無、不是很重要的事……」

「如果用相同的目的再寫一份，的確會變成你說的那樣。第二份人生清單雖然也是列出自己想做的事情，但目的不一樣。第一份清單是為了瞭解自己想過什麼樣的人生，目的是瞭解自己。

今天我寫的**第二份人生清單，是要列出可以實現夢想的具體行動。也就是說，只要肯按照第二份人生清單去執行，美夢就能成真！**」

「我還是不懂耶。」

「我把我的給你看。」

春香將她的那份清單遞給我。

「這是……什麼意思啊？」

「你看得出兩份哪裡不一樣嗎？」

「看是看得出來。只不過……妳的第二份清單，與其說是實現自己的夢想或願望，更像是**助人或做好事的清單**耶？」

「對呀，但那也是我想做的事情。」

「啊？」我沒想到會是這樣的答案，因此有點愣住。不過，比較我們的清單，我的那份就顯得貪婪又自私，全都是「我想……」或「我要……」。我不禁有點難為情。

「第二份人生清單，就是要寫自己這一生要為別人做的事。我爸爸就是寫了這第二份人生清單，第一份清單裡的夢想才一個個慢慢實現的。」

這兩份清單看起來好像沒關係，其實是一體兩面。所以，合起來才算是完整的人生清單哦！」

不知道什麼時候，春香又拿出了另一張藍色摺紙。在我比較那兩份人生清單的時候，她在白色背面寫了幾個字，然後拿給我看。

「『付出清單』和『獲得清單』？」

「沒錯，一份完整的人生清單應該包含施與受，缺一不可！就像這個。」

春香按順序指出我和她寫的內容。

我的清單上寫著：「發明暢銷全世界的專利商品。」

她的清單上則寫：「減輕媽媽的負擔。」

然後，春香說。

「聽說，洗衣機是某位發明家為了減輕妻子的負擔而產生的。他本著

付出清單（GIVE LIST）

&

獲得清單（TAKE LIST）

為全世界婦女減輕家事負擔的熱情，反覆研究、實驗，終於發明了這項劃時代的產品。這算不算洋介說的『暢銷全世界的專利商品』呢？」

我頓時豁然開朗，安靜地點頭。春香繼續說。

「爸爸還跟我說，第一份清單寫的那些願望，無論是想要的東西或想做的事，其實都是夢想實現後的結果，而不是我們每天活著的目標。」

「原來如此……」

「人生中真正的目標，應該是第二份清單中『可以為別人做的事』。每一天，都要為了實現更多第二份清單中的夢想而好好努力。」

「我懂了，難怪我的夢想不會實現啦。空有遠大的夢想，卻沒想過為了實現它，今天要付出什麼努力，只是每天渾渾噩噩，浪費大好時間。」

「沒錯。而且，第二份清單裡有很多現在就能實現的內容，只要每天努力一點就行了。有一天，我們就會發現第一份人生清單裡的偉大夢想，就近在眼前了。**每天努力實現第二份清單裡的內容，第一份清單裡的夢想就會在同時間實現哦！**」

「我好像……都只考慮到自己而已，感覺好丟臉哦。」

「我以前也是啊。寫第一份清單時，因為爸爸說寫什麼都可以，我就寫了一大堆，心裡卻覺得『哪有這麼好的事』。不過，現在不一樣了。」

春香從我手中拿回她寫的那份清單，看著上面說。

「我的第一份清單，寫的全是希望別人給我什麼，或我想要什麼。但是我後來發現，**每當我從別人那裡獲得什麼，都是因為我先為那個人付出了。每次都如此，沒有一次不是。**

所以，第一份清單寫好時，我才會覺得那些是不可能實現的。

但是，今天寫的這份清單就不一樣了。我覺得，只要我努力實現上面的心願，就算第一份清單不能完全實現，也至少會實現好幾個。」

確實，我也有同感。

我在寫第一份清單時，只覺得那不過是遊戲，從沒想過那些夢想有可能成真。說實話，我是抱著做蠢事的心情去做的。

但現在不一樣，我的內心似乎不斷湧出熱情。

我直覺地感受到：春香所說的第二份人生清單，是實現第一份清單眾多夢想的最大關鍵。

「既然你贏了，我們就去約會吧。除非你覺得困擾……」

「怎麼可能，我高興都來不及呢。原本我就打算就算輸了，也要厚著臉皮向妳提出邀約呢。」

「真的嗎？那就太好了！」

「不過，我很想知道一件事。」

「什麼事？」
「如果妳贏了，妳打算要我做什麼啊？」
春香微微揚起微笑，然後說。
「我打算請洋介也寫第二份人生清單。」
「就這樣？我才正想找機會這麼做呢。我覺得妳說得很對，只有實現第二份人生清單上的內容，才有可能完成第一份清單上的夢想。」
「聽到你這麼說，我好開心。不過，光是列出第二份人生清單也還不夠。因為，幫助自己實現夢想的最重要關鍵是……」
「是實際行動，對不對？」
「對，尤其是『立刻行動』！」
「立刻行動？」
「我們可以為別人做的事很多，有些事花一年就能做到，有些事要花好幾年才能做到。重點是：我們『今天』可以為別人做什麼？」

「『今天』嗎……」

「對，『今天』。第二份清單上寫的事，如果今天做得到，就要在今天完成。所以，每天都要拿清單出來確認，看自己『今天』可以幫別人做什麼。而且不能看過就算了哦。看的同時，還要評估內容需不需要修正或追加，隨時更新內容。最重要的是，不管內容怎麼變，還是要做好當天該做的事。」

「我懂了！好，待會我寫第二份人生清單時，就把今天和未來可以做的事分開吧。」

春香忍不住笑了出來。

「什麼事那麼好笑？」

「沒想到洋介挺虛心受教的呢！」

「我平常才沒這麼聽話，今天特別。」

「俗話不是說『一分天才加上九十九分謙虛』嗎？」

「是『九十九分努力』才對吧？」

「拼命想成功的人，常會說『一分天才加上九十九分努力』給自己打氣。不過已經成功的人，或站在指導立場的人，都認為『謙虛』才是最重要的呢。」

「我還是第一次聽說。」

「因為我爸總是這麼告訴我，所以我已經把它當成常識了……」

春香再次用那張寫著『付出&獲得』清單的藍紙，摺起了紙飛機。我發現，一邊說話一邊摺紙好像是她的習慣。

「越了不起的成就，越需要更多人的幫助；越虛心的人，越能吸引真心幫助他的人。」

「對！總是虛心接受別人建議的人，常會讓人產生想助他一臂之力、幫他實現夢想的念頭。」

「沒錯。相反的，很多拼命想成功的人，總以為成功是憑自己的力量得來的。雖然他們真的很努力，也為了夢想付出許多心血，卻常變得自以為是、剛愎自用；漸漸地，身旁的人就越來越不想幫助他了。」

「也就是說，**最後會成功的人，都是明白『成功是靠大家幫忙而來』的人**囉？」

「沒錯。每個成功的人，都明白老實接納別人意見的重要性。」

「原來如此……不過，妳爸爸真了不起，總是教妳這些道理。」

春香不發一語，只是默默微笑。

「『一分天才加上九十九分謙虛』嗎……我好像了解這句話的道理了。」

春香聽了笑得更加開懷，然後對我說。

「好了，我差不多該回家。」

「咦？這麼快？妳待會還有事嗎？」

我十分驚訝，因為我們才不過見面一小時而已。

「沒事。只是我媽媽中午左右就會回家，到時如果我不在，就會被她盤問『去哪裡』、『跟誰見面』、『做了什麼』的，囉嗦一大堆。」

聽到春香的媽媽把十七歲的女兒當籠中鳥一般教養，我不禁有些反感。

「別人可能會覺得我也不是小孩了，不需要那麼擔心；但媽媽現在要面對太多事情，對未來又非常不安，還必須照顧家庭、兼顧工作……所以，她對我會那麼神經質也是沒辦法的事。

我不想讓媽媽再為我操心。只要我忍耐，媽媽多少就能輕鬆一些。」

「我明白了，妳真是體貼。那麼，我們改天再約吧。反正我隨時都很開。」

「那就越快越好囉。明天好嗎？早上九點，一樣在這裡。」

「好，九點這裡見。我會期待的。」

「我也是。」

春香將手上那個藍色紙飛機遞給我。

「這個給你。」

「謝謝……」

我沒多想，就直接收下紙飛機了。

春香微笑地和我揮手道別，便轉身離開。

（要不要跑過去跟她說，『我送妳回家』呢……）

我望著她離去的背影掙扎了一下，結果還是錯過提議送她回家的時機，只好跨上腳踏車，轉身踏上歸途。

那天晚上，我立刻動筆寫了第二份人生清單，列出人生中最想幫助別人的事。寫著寫著，我突然發現自己的身體裡竟住了另一個自己，真令人吃驚。

「讓所有認識我的人，都覺得認識我真好。」

要是被朋友看到，搞不好會哈哈大笑。

「想讓爸媽輕鬆一點。」

我不只把想法列出來，還確實想過當天可以做的事。這是我生平第一次認真思考，自己可以為父母做什麼。

在那之前，我只是漠然地想著「有一天要孝順父母」，但滿腦子想的還是自己的人生要怎麼過；甚至認為父母讓子女幸福是天經地義的事。

我只會想「有一天要孝順父母」，卻從沒認真想過該怎麼做，總是用「將來、有一天」之類的話敷衍了事。

直到現在，我不再用「將來」敷衍，開始思考「今天」、「現在」怎樣讓父母幸福；我才發現，一天裡可以做的事實在太多了。

就這樣，我的第二份人生清單裡，竟然出現了許多連自己看了都不好意思的內容。如果讓認識我的人看到，絕對沒辦法想像是我寫出來的，說不定還會嘲笑我太虛偽了。這也沒辦法，誰叫我到目前為止都一直過著自私的人生呢。

不過，不管別人怎麼覺得，我真的打從心底那麼想。說實在，沒想到我身體裡居然還住著另一個會認真替別人著想的人，最驚訝的莫過於我自己了。

寫好第二份人生清單後，我再次打開春香回家前送給我的藍色紙飛機，看著裡頭寫的「付出&獲得清單」。

第二份人生清單是「付出」，也就是我可以為別人做的事。

上午在圖書館寫的第一份清單是「獲得」，那是當我「付出」後，可以從別人那裡「獲得」的清單。

回頭想想，在遇到春香之前，我只是隨便從身旁選了個看似可以得到的東西，硬當作自己的人生目標。

春香說的一點也沒錯。不知不覺地，我開始逼自己在此時決定未來的方向：要學某個技能，就去唸某職業學校；要進好公司，就去讀大學某科系；又因為無法下定決心，便無所適從地站在原地打轉。

那晚卻不同。美好的未來開始在我眼前展開，**第一份人生清單中所寫的願望，將不再是空想或夢想了。**

我再次見到了小時候所懷抱的那個耀眼未來，帶著久違的興奮與期待上了床。我凝望著漆黑的天花板，一次又一次地對自己說。

「明天開始，我要以全新的自己開創人生。」

那天晚上，原本可以像小時候那樣帶著高昂的心情入睡的，卻因為腦中某個硬是不肯離開的思緒，變得輾轉難眠。

不用說，是春香的事。

她現在似乎暫時和母親同住，父親則不在這裡。要到暑假結束，才能確定以後要和誰一起住。我對別人的家務事沒興趣，那也不是我可以觸碰的話題，我只是關心春香是否能一直待在這裡。

（春香自己想住在哪裡呢？）

我一邊夢想著春香會為了我留在這裡，一邊又提醒自己別癡人說夢，她怎麼可能為了我留下；又生氣大人總是為了自己的理由，要小孩放棄生活，實在很不公平……就這樣，我蒙在棉被裡胡思亂想了整個晚上。

今天一天，我跟春香的距離忽然變得好近；但仔細想想，我對她其實什麼都不了解。就像她第一次摺的那架紅色紙飛機，她沒有送給我，而是自己帶回家了。

（那裡面到底寫了什麼呢？）

我更在意的是，她在自己的人生清單上所寫的第一行字。

「我想幫助我生命中最重要、也一直支持著我的那個人，實現他的夢想」。

沒錯，那才是我最在意的一件事。打從春香在圖書館讓我看她的人生清單開始，那段話就一直在我的腦海裡縈繞不去。

（「生命中最重要、也一直支持著她的那個人」，到底是誰？）

再怎麼樣，我也知道那人絕不會是自己。不過，她確實努力地想幫助我實現夢想，也答應跟我見面；將來，或許我也能成為她生命中重要的人吧……現在，我只能這樣告訴自己。

我煩悶地躺在床上，耳邊只聽見鐘擺的滴答聲。那是一個悶熱無風的熱帶夜。

（說到這個，我第一次見到春香的那天，那張寫著書名的白紙上似乎也有摺痕……）

我從床上跳起來，下床取出那張被我珍藏起來的白紙，沿著摺痕摺回去……

果然沒錯，是一架紙飛機。

我將這架白色紙飛機，和今天拿到的藍色紙飛機並排在書桌上。

穿白衣的她和穿藍衣的我……

我忽然想到——就像今天的她，和我。

第3課　富有的真相

——「圓」怎麼唸？

隔天，八月十七日。我們依約見了面。

春香還是一身白衣白裙。我雖然不關心女孩子的流行裝扮，仍看得出今天的白襯衫和昨天的不一樣。她還在領邊圍了一條薄薄的粉紅絲巾，以她那個年紀的女孩子來說，這種打扮算是有點復古。

說起來，我和春香的約會方式，本來就和其他高中生完全不同。我很期待這次能繼續聽到她父親的事。

那天的話題，從我們一起去吃漢堡開始。

我點了起士漢堡和可樂，春香則點了柳橙汁。我們拿了餐點之後，就開始找座位。

「妳一直都那樣嗎？」我問得有點唐突。

「哪樣？」

「妳在付完錢、接過柳橙汁的時候，不是很禮貌地和店員說了謝謝嗎？妳一直都對店員這麼客氣嗎？」

「是啊。很奇怪嗎？」

「也不是奇怪啦……因為，連那個店員自己都嚇了一跳，還慌張地又對妳說了一次『哪裡，這是我的榮幸，非常謝謝您的惠顧』啊？」

「是啊。你看我是不是賺到了？一般店員只會說一次謝謝，還是用公事口吻說的；但我卻得到了兩次謝謝，而且第二次還是對方真心的謝謝。」

「這樣就覺得賺到？妳果然是個怪人。」我一邊拆開起士堡的包裝紙一邊說。

「我之前也不會這樣，是爸爸教我一件事之後，我才開始這樣做的。」春香把吸管插進紙杯裡，然後說。

「就是那個的唸法！」

春香指著收銀台上方，我完全被她搞糊塗了。

「哪個？又要唸什麼？」

「就是『起士漢堡』旁邊的那個啊。」

「起士漢堡旁邊？……一八〇圓？」

「對！」

我還是聽不出春香想表達什麼。不過，有了昨天的經驗，我知道今天一定也能從春香那裡獲得很棒的東西。我的心開始興奮地期待起來。

「妳說唸法，不就是『一百八十圓』嗎？」

「是沒錯啦。但爸爸跟我說，『圓』其實有另一個真正的唸法。」

「怎麼唸？」

春香和昨天一樣，從包包裡拿出一張色紙，今天是黃色的。接著和之前一樣，在白色背面寫了一行字，然後拿給我看。

「妳是說，『圓』的真正唸法是『謝謝』？」

「沒錯，是『謝謝』。」

我還是一頭霧水。

春香喝了一口柳橙汁，露出得意的笑容。

「譬如說，我給洋介一個起士漢堡，你會和我說謝謝嗎？」

「當然會啊。」

180
謝謝

「那麼，如果我給你的是一台閃閃發亮的新車呢？你的謝謝，會和拿到起士漢堡時一樣嗎？」

「當然不一樣啊。同樣是『謝謝』，兩者的份量完全不同。」

「這就是啦。起士漢堡是一八〇個謝謝；變成汽車的話，就成了一〇〇萬個謝謝，對不對？」

「啊？」

「也就是說，我們付出等值的金錢代替謝謝。」

「付出等值的金錢代替謝謝？」

我只像鸚鵡一樣重複春香的話。在此之前，我一直認為『付錢』這個行為，就是為了換取想要的東西而已，除此之外沒有其他解釋。

「是啊。你想想看，如果不用錢買這份起士漢堡，而是自己動手做的話……」

「那就得自己準備麵包、絞肉和洋蔥等所有材料。」
「還是不對，因為那些材料還是要用錢買啊。」
「那也不行？那我就不曉得該怎麼辦了。」
「再動腦筋想一想嘛！」
「難道要牽頭牛來？」
「答對了！一切要從先有牛開始。要是找不到，就得走好幾天的路、遇到一些莫名其妙的危險，費盡千辛萬苦才能找到一頭牛。然後，真正麻煩的事還在後頭呢！」
「嗯。要做麵包，就要種小麥，那至少得等上一年；再加上洋蔥、生菜等材料全部都要自己準備，真的會累死人。」
「就是啊。而且別忘了還有起士、油、鹽、胡椒等，如果加蛋還要先養雞，夠麻煩了吧！」

「越想越覺得，做一份起士漢堡也不輕鬆耶。」

「但是你現在直接跳過那些作業，直接拿到起士漢堡了。」

「聽妳這麼一說，感覺能吃到起士漢堡，是件很值得感謝的事呢。」

「那你會不會很想對每個參與製作的人說謝謝呢？」

春香睜著晶亮的眼睛，身體前傾地望著我。

我終於恍然大悟。沒錯，我現在心裡確實充滿著想感謝那些人的心情。

「但是，其實我們是沒辦法找到每個人，又一一對他們道謝的。只能藉由付錢這個方法，將感謝傳達給最後遞出漢堡給我們的人。」

「我懂了！這就是『一八〇謝謝』的意思囉。我所付出的『一八〇謝謝』，之後會再一一分給所有參與製作的人。」

「沒錯。種生菜的農夫雖然沒辦法親口聽到你說謝謝，但他會收到你用來代替的『一塊錢』。爸爸跟我說，這才是錢的真正意義。」
這時，我心中對於「買東西」這件事的看法，有了極大的改變。
——付錢不是為了換取東西，而是為了向所有供應者說『謝謝』。
我要把這句話永遠記在心中。

春香開始摺起那張寫了「一八〇謝謝」的黃色色紙，大概又是紙飛機吧。看她一邊說話一邊摺紙的模樣，就像孩子般天真可愛。
我微笑地看著她，同時在心裡消化著她的行動及話語。想到眼前這位看來有點孩子氣的女孩，每個行動竟都思考得如此深遠，就讓我不禁感佩得起雞皮疙瘩。
「我明白了。」
「咦?你明白什麼了?」

「你說『賺到』的意思。」

春香沒有說話，只是將視線拉回桌上，繼續開心地摺紙飛機。

「妳爸爸真正想說的是：『賺錢，其實是在蒐集〈感謝〉』，對不對？」

「真不愧是洋介，我還是聽到爸爸說明後才懂的呢。你竟然現在就懂了。」

「所以，妳才會很開心比別人收到更多的謝謝。」

春香靜靜地點頭，然後說。

「我唸國中時曾經想去打工，就去找爸爸商量，他是在那時告訴我這些道理的。我並不缺錢，也沒特別想買什麼東西，只是想藉打工累積一些社會經驗，希望對未來有幫助。

爸爸聽了就問我：『妳認為，時薪八百圓的工讀生，要工作多久才存得到一千萬呢？』

我認真地算了一下。一千萬除以八百等於一萬二千五百小時。假設一天打工八小時、一星期打工五天，一星期就有四十小時。所以需要三百一十二個星期，也就是六年左右才存得到一千萬。這還必須以不吃不喝為前提。」

「沒錯。」

「爸爸聽了之後就說：『這是大部分人認為的正確答案』。接著，爸爸要我把『圓』改成『謝謝』，又再問了我一遍。

『一小時能賺到八百個謝謝的人，要工作多久才能賺到一千萬個謝謝？』

這次我不用算式計算了，直接回答爸爸說：在相同的時間裡面，做得越好，可以賺到的『謝謝』就越多；再用算式計算就笨了。結果爸爸稱讚我的想法很正確；因為感謝是不能用算式計算的。」

確實如此。聽到第一個問題時，我會直覺地想增加工作時間；但聽到第二個問題，我則覺得應該改變一小時的價值。

人們得到『謝謝』的次數，會因時間及對象而不同。有人每天只能收到八百個謝謝，要花六年才能累積到一千萬個謝謝；也有人能在短短一個月內就創造出一千萬個謝謝。雖然我一開始就明白『圓＝謝謝』這個答案，還是被春香他爸爸的問題誤導了。

春香接著說。

「但是爸爸說，很多人不知道這件事。大部分時薪八百圓的人只會想：需要八千圓就要工作十小時，這樣想的人真的很多。但是，他們真正該思考的是……」

「怎麼讓一個小時可以賺到十倍的謝謝？」

「沒錯。有人一輩子都沒發現這個道理，只知道要賺兩倍的收入就要付出兩倍的努力。年輕時就開始打工賺錢的人，尤其有這種傾向。」

「原以為打工賺錢可以增加社會經驗，卻成了妨礙未來發展的元兇，還真是諷刺。」

「所以爸爸勸我，如果是因為想學習社會經驗才去打工，不如不要領薪水。」

「不領薪水？」

「沒錯，不領薪水！乍聽之下好像很吃虧，可是認真想想，不為錢工作，只是純粹去幫助他人、讓別人快樂，就不會因為一邊工作一邊計算『還要做幾小時才能賺到多少錢』，而對工作失去熱情。

反而會時時想著『怎麼對別人更有幫助』、『如何讓別人更快樂』，而投入更多精神及熱情在裡面。

「如此一來，自然而然就會獲得成長、比別人賺到更多的感謝？」

春香安靜地點頭微笑，那張黃色摺紙早已在她手上變成了紙飛機。

「和爸爸談完後，我就決定不去打工了；開始思考什麼方法可以賺到更多的『謝謝』，想著想著就成了習慣。」

「妳一定會變成比別人賺到更多謝謝的人的。」

春香聽我這麼說，臉上揚起燦爛的笑容。

那天道別的時候，她把那架黃色紙飛機送給了我。

當時的我，認為要賺很多錢才有成功的未來，這幾乎成了我過不去的巨大關卡。

「怎樣才能成為有錢人？」

「怎樣才能賺很多錢？」

「哪裡有薪水高的好工作？」

「有沒有輕鬆賺大錢的方法？」（說來慚愧，在我聽到春香說那番話之前，我一直認為所謂輕鬆賺大錢，就是一小時賺進數百萬圓那種工作。）

我滿腦子都在想這種事。

當然，無論我想再久，也找不到這種輕鬆賺大錢的方法；漸漸地，這就成了我逃避現實的藉口之一。

這一天可說是我人生的轉捩點。我不再想著如何賺大錢，而開始思考怎麼得到更多的『謝謝』。

從前，我腦子只想著賺錢時，什麼想法都浮不出來；自從我開始思考怎麼獲得最多『謝謝』後，腦子裡每天都會出現新點子。這個變化令我既新鮮又驚奇。

由於我家是書店，我便很自然開始想，要怎麼讓書店賺到更多『謝謝』；各種想法就開始源源不絕地冒出來。

這天，我又抱著興奮期待的心情入夢。

上床之前，我把從春香手中拿到的黃色紙飛機攤開，再次端詳上面寫的「一八〇謝謝」。

然後我鑽到棉被裡，想像我今天付出去的「一八〇謝謝」，以各種形式分享給所有製作漢堡的人。想著想著，我好像也聽到那些人在跟我說謝謝，感覺好開心、好開心。

我的人生目標從那晚開始，就從「賺大錢」變成了「賺很多謝謝」。

第4課 成為光芒四射的人

——讓缺陷變成魅力

隔天，我們又見面了。這次是我在回家前主動邀約的。

我從沒主動約過女孩子，所以非常緊張，幾乎是鼓足勇氣才敢提出邀請，沒想到春香爽快就答應了。

我們約在一個只有兩架鞦韆的小公園，以小朋友的遊戲場來說還算寬敞。那天天氣好得不得了，但公園裡除了我們以外，半個人影都沒有。

春香依約準時來到公園，立刻朝鞦韆走過去坐下，輕輕盪了起來。一會兒，她突然開口說話。

「洋介曾經說過，你對自己的外表很沒自信，對吧？」

「是啊。世界上比我帥的人那麼多；我曾經想過，如果我長得更帥一點，不知道人生會不會更一帆風順。」

「我覺得洋介現在這樣就很好了！」

「別開玩笑了。我長什麼德性，我自己最清楚。」

「我以前也這麼想過自己。」

「妳說妳曾認為自己長得很醜？這一點都不好笑哦。」

那天，春香穿著雪白連身裙邊鞦韆的模樣，簡直就像美麗的天使。

「呵呵，謝謝你的誇獎。但我沒開玩笑，有一陣子我真的很自卑。」

「妳的意思是，現在比較有自信嗎？」

「是啊，因為我決定不再自卑了。但也不是覺得自己很漂亮啦。我只是發現，去在意自己的外表夠不夠漂亮這件事，根本就是大錯特錯。」

「怎麼說？」

「因為爸爸告訴了我一件事，我就明白自己也可以變成很有魅力的人，就改掉自卑的想法了。」

果然！我滿心期待，傾身靠向春香。

「妳爸爸怎麼說呢？」

春香露出燦爛的笑容，對我點點頭。

「洋介，這個給你！」這時，春香拿出一架已經折好的綠色紙飛機。

今天一見面，春香就馬上進入主題；再看到她拿出已經摺好的紙飛機，我就知道她今天是有備而來。她現在已經越來越像我的人生導師。

「可以打開來看嗎？」

「請。」

春香盪著鞦韆，開心地看我把紙飛機攤平。中間寫了一行字。

「化腐朽為神奇的……光？」我把那一行字唸出來。

「小學的暑期作業不是要做美勞嗎？有一次，我決定要做模型小木屋，方法是把色紙捲成紙棒之後，當成原木組裝起來。」

看樣子，春香的摺紙興趣應該不是現在才開始的。

「但是啊，紙屋在製作過程中卻越變越髒。紙棒剛做好時很乾淨，可是等到修剪長度、挖出窗戶、用膠水黏合，加上膠帶固定，整個就變得皺巴巴又慘不忍睹。我越看越懊惱，洩氣地說：『做得這麼醜，怎麼帶去學校嘛』，然後就哭了起來。」

「我明白妳的心情。我也做過火柴屋，結果整個黏得亂七八糟。」

「那時爸爸告訴我，他也很喜歡做模型，經常做歐洲的古堡；但古堡模型非常難做，拼得再好還是會有縫隙，不然就是會弄髒。總之，很難做到百分之百完美。」

化腐朽為神奇的光

「後來，妳爸爸找到把缺陷藏起來的方法了嗎？」

「沒有。因為縫隙或髒污是很難隱藏的；而且越想掩飾，反而越明顯。」

「嗯，好像是耶。」

「後來爸爸決定不藏了，他決定化腐朽為神奇，把缺陷變成特色。」

要怎麼做？我疑問地望著春香。

春香揚起微笑，慢慢地說：「點燈。」

「點燈？」

「對！這麼一來，模型屋的縫隙就不再是缺陷，而成了發光的地方。無論模型屋不小心被弄出多少縫隙或傷痕，裡面透出來的光，都能將瑕疵品變成充滿光芒的作品。只需一盞燈，就可以化腐朽為神奇了！」

我立刻明白了。

「所以，人也是……」

「沒錯。我們常聽到『人都是不完美的』，但爸爸卻告訴我，每個人都是獨一無二又了不起的個體。但是，許多人只是因為自己和別人不一樣，就充滿了自卑、心裡滿是創傷，認為自己是沒價值的人。

只要在心裡點一盞燈，那些所有的自卑和創傷，都會變成自己的獨特魅力。」

「原來如此！……不過，要怎麼在自己心裡點燈呢？」

「靠想像，想像心中有一盞燈。想像力是人類最厲害的武器。」

「咦？靠想像就可以了嗎？」

「是啊。我就經常想像身體裡有一小團火球；想像那火球是身體裡的小太陽，在裡面散發光、熱；想像光線越來越強烈，穿透我的身體，亮得讓周圍的人睜不開眼睛。怎麼樣？洋介要試試看嗎？」

「啊，好……」

我接受了春香的建議，開始想像自己身體裡也有一盞燈。剛開始，我心裡浮現的那盞燈微弱得就像風中殘燭，根本無法穿透身體向外發光。

「接著想像光線越來越強，想著心裡的光團比誰都強大、耀眼，就像太陽一樣。」

我按照春香建議，想像心中的光團越來越強、越來越亮、越來越大。

結果，奇異的事發生了。只是這樣而已，我忽然覺得自己似乎變得無所不能。身體裡不斷湧出明亮及溫柔的能量，我彷彿開始脫胎換骨。

我試著更積極地想像。

（想像光團更亮、更強大，從我身上所有毛細孔往外透出光線！）

「好極了，就是這樣。有脫胎換骨的感覺，對不對？」

我回過神來，驚訝地看著春香。

「看得出來嗎？」

「當然啦。這麼做的人，看起來都會和之前完全不一樣，整個人都透出光芒。」

我真的很驚訝，覺得全身充滿勇氣。

「實在太厲害了！我忽然覺得充滿了自信，彷彿什麼事都辦得到了……那力量大到讓人不禁懷疑，這真的是我嗎？連那個對外表感到自卑的部分，我都覺得那也是自己的魅力了。」

「洋介能這樣想，我真是太高興了。當我想和別人說話、想做什麼，卻沒有勇氣或自信時，就經常會那麼做。爸爸也跟我說過：『要隨時為自己點一盞燈，讓光線穿透裡面的傷痕和缺陷，從眼睛、嘴巴等所有地方散發出來，就能讓自己成為光芒四射的人』。」

從那天起，我經常問自己：我今天也閃閃發亮嗎？

第5課

不要錯把手段當目的
——達成目標的方法不只一種

那天，春香還教了我另一個重要的觀念。春香唯一的學生，也就是我，開始會提問了。那幾天，我們兩人的關係，或許用「師生」比擬最貼切。不過，真正的老師不是春香，而是春香的父親。

「可以問妳一件事嗎？」

「什麼事？」

「我跟妳提過，我已經照妳的話擬好第二份人生清單了吧？」

「嗯，我記得。」

「而且，我每天都很努力實行當天可以做到的事。」

「嗯。感覺怎麼樣呢？」

「很棒。好像自己的夢想，真的隨著第二份清單的完成，一步步開始實現了。」

「這麼說，那個方法有幫到洋介的忙囉？」

「對啊，還是大忙呢。不過我有一個疑問。倒不是懷疑啦……我只是好奇，這個方法真的能幫助我們實現任何夢想嗎？因為，有些事是再怎麼努力也實現不了的，就像天賦或年齡限制的問題。

像男生小時候都夢想過當職棒選手。可是，不管再怎麼努力，有人就是比自己厲害，或體格天生就適合。年齡也是問題。假設我三十五歲才開始立志當職棒選手，就算再認真練習，也不可能會實現吧。這麼一想，我寫在清單上的某些願望，不就會隨著時間變成不可能的事了嗎？」

「是啊……我們才十七歲而已。所以那時，你在第一份人生清單上寫的夢想，沒有一個是現在已經做不到、或必須放棄的。因此我才會說，有方法可以讓你的夢想全部實現。不過，有些夢想的確會因為年齡限制等種種情況，某個時期後就很難實現了。」

「那要怎麼辦？」

「很簡單，隨著年齡改變清單上的夢想啊。」春香輕快地回答。

「改變夢想？那不就等於放棄了嗎？」

「我一開始也是這麼認為；但聽爸爸說過後，我就知道哪裡不同了。」

「哪裡不同？」

「就像剛才的例子。你說，男生小時候都想當職棒選手吧？」

「是啊。」

「理由是什麼呢？」

「這……每個人都不一樣吧。因為很帥氣？」

「只有那樣？」

「還有，可以賺很多錢，也能出名；成為大家的偶像，給人希望和勇氣；或者只是純粹喜歡打棒球。還有……」

「還有？」

「很受女孩子歡迎。」

「對吧！只要思考一下為什麼想當職棒選手，就能發現很多原因。因為帥氣、能變有名、賺很多錢、成為大家的偶像、可以給人勇氣、很受女孩子歡迎，又能做自己最喜歡的事等。

所以，以那個例子來說，其實真正的夢想是成為那樣的人，而不是職棒選手。」

「妳的意思是說，想當職棒選手不算夢想？」

「可以這麼說吧。你想想看，就算那男孩如願當上職棒選手，他想要的東西，也不一定就全部都能得到啊？」

聽春香這麼說以前，我想都不曾想過。的確，重要的不是當上職棒選手，而是那以後的生活。

事實上，大部分職棒選手都不是那麼光鮮亮麗；可能既不帥氣，也沒錢、沒名氣，更別提成為眾人偶像或女孩追逐的目標了。說不定他本人也沒那麼熱愛棒球。

各方面都很成功的職棒選手其實只有一小部分，而且也只在當紅的時候；隔年成績稍微下滑一點點，情況就會改變。即使從小就夢想成為職棒選手，在那樣的狀況下，也很難說是夢想成真。

「沒錯，如果只是當上職棒選手，不一定等於夢想就實現了。」

「對吧。相反的，有些人不是職棒選手，只是喜歡打棒球而已，卻能得到自己想要的所有東西，這樣的例子屢見不鮮。他們沒能做『職棒選手』這個工作，還是能實現自己的夢想，心滿意足地過生活。」

「原來如此。也就是說，不要把『一份工作』當成是自己的夢想。」

「對啊。因為『工作』，不過是實現人生夢想的手段之一而已。」

說到這裡，春香又拿出一張色紙，在上面寫了一行字。這次是橘色的。

「職棒選手」＝「飛機」。

我忍不住問道。

「這是什麼意思呢？」

「這麼說好了。譬如，洋介想去北海道旅行。那麼，就要先決定搭什

「職棒選手」

||

「飛機」

第 5 課

麼交通工具去吧？大部分的人一開始都會想到飛機。這時，搭飛機去北海道就成了洋介『想做的事』。如果後來因為某種原因不能搭飛機，洋介會怎麼做呢？」

「改搭新幹線或電車吧。」

「一般都會這麼想。但事實上，大部分的人就這樣放棄北海道之行了——只因為事情沒有照自己的預期進行。令人難以相信吧？因為，就算不能搭飛機，還有很多方法可以去北海道啊。可以改搭火車或巴士，再不然坐船也行，甚至自己開車過去。

有心的話，即使騎腳踏車也能到。無論如何都想去成北海道的人，就算就用走的都會走去！只因為不能搭飛機，就認為不了北海道，這個想法不是很奇怪嗎？」

「妳的意思是，就像搭飛機不是到達目的地的唯一手段一樣，當職棒選手也不是實現夢想的唯一途徑，對嗎？」

「沒錯。如果無論如何都想去，不管是誰都一定到得了；如果一開始計畫的方法不可行，換別的方法替代不就得了。事情就這麼簡單。

當然，換別種方法可能會耗費更多時間或體力。比如搭巴士去北海道就要花很多時間，但搭巴士也有搭巴士的樂趣啊。爸爸是這樣跟我說的。」

春香說的沒錯。搭巴士去北海道的人說不定會說：「要是大家也搭巴士就好了。這樣子，就能體會只有搭巴士才能遇到的感動了。」

「所以，即使沒有交通工具，甚至得披荊斬棘、穿過誰都沒有走過的路；只要有心，還是可以到達目的地。」

「沒錯。就像洋介說的，在第一份的人生清單裡，確實有我們無法做的『工作』。

但是，我們寫那份清單的最大目的，並不是去找一份『工作』，而是要找到人生的最終目標。當我們明白未來要往哪個方向，就朝著那裡前進。

當然，把理想的『工作』放進清單裡當成目標，並不是壞事。但是要記得：『工作』只是實現夢想的手段之一；即使不成功，也不代表人生就全盤皆輸，再想其他辦法圓夢就行了；不過就是這樣。」

春香拿起剛才那張橘色色紙，又開始摺起紙飛機。

「我聽說，這些放棄職棒選手夢的孩子們，有很多後來都轉去當足球或其他運動的選手；或選擇當歌手、進入演藝圈。」

「現在我能了解了。他們不是一天到晚放棄夢想，而是不斷地追求同一個夢想，只是在過程中改變圓夢的方法而已。」

我想起小時候曾經興起又消失的種種夢想，精確一點地說，是我以為可以實現夢想的幾種「理想工作」。

過去，我總拿不定將來要做什麼，因為我想做的事總是一變再變。稍微遇到一點挫折就覺得自己「沒有才能」，然後就宣告放棄，因此我認定自己的個性就是「善變」。而且就像春香說的，我曾經把那些「工作」當成了夢想。

到最後，連我都給自己貼上「只有三分鐘熱度」的標籤，甚至因為擔心自己沒多久又放棄，連夢想都不敢有了。

沒想到，春香竟然跟這樣的我說。

「比起那些已經決定將來要做什麼的人，像洋介這樣，想做的事很多、多到不知道該怎麼辦的人，成功的機率才更大哦！」

我那時只能用乾笑代替回答。現在，我了解春香那番話的真諦了。

那天，我帶了兩架紙飛機回家。我在自己房裡把橘色紙飛機輕輕射出去，看著飛機劃出一道漂亮的弧線，輕盈地降落在床鋪上。

我凝視著自己的第一份人生清單，再次認真思考自己的夢想、和自己想到達的地方。

當我仔細思考那些被我列在「候補」名單上的工作，及我想做它們的理由；不得不承認，當中確實有一個共通點。也就是說，我一直都在追求相同的夢想。

我修改了一些項目，也增加了一些項目。因為太有趣了，我一直寫到欲罷不能，直到天亮。

我想，自己這時已經做出一份『絕對會實現』的人生清單了。

——別因為不能搭飛機，就放棄前往目的地的夢想！

從此，這句話便成為我往後人生中重要的座右銘。

第6課

做不到是先入為主的錯誤觀念
——更是把可能變不可能的可怕敵人

就這樣，我度過了自己十七歲的夏天。那個奇蹟般的夏天，是我人生的轉捩點；而春香，就是帶來奇蹟的天使。

幾次下來，我和春香變得越發親密。我再也不需要像剛開始那樣拼命找理由約她了。

所以，當我那天早上接到春香打電話來說：「我今天沒辦法跟你見面，真對不起。」整個人就像被人從後腦狠狠敲了一棒。

（發生什麼事了？為什麼不能見面？）

（是不是我們最近天天見面，她開始覺得厭煩了？）

（還是那個「最支持她、在她生命中佔有重要地位」的人突然約她了？）

我沒想到自己會如此受到打擊。

回想起來，從春香第一次出現在書店到今天，大約有兩個星期了。這兩個星期對我而言，就像做夢一樣幸福。我的確不敢奢望幸福會永遠持續下去，但是……

就像是拼命抓住即將逝去的夏天一般，我滿腦子都是春香。我想著和她在一起的短暫時光，巨大的焦躁感襲擊而來，在我胸膛敲出轟然巨響。

兩天後，八月二十二日，春香總算撥了電話過來。

我們約好隔天見面。

後來我才知道，二十三日那天是春香的生日。因為她的名字裡有

『春』，我一廂情願地以為她是在春天出生，沒想到她的生日竟然在八月。當我聽到這件事，心裡開始不住地猜想。

（春香會邀我和她一起共度生日，是不是就表示……）

我完全忘記昨天的不安和猜疑，高興得幾乎飛上了天。不過，好事總如曇花一現。

生日那天，春香說想去附近的動物園。

從我家騎腳踏車到動物園大概要二十分鐘。春香她家到動物園，只要走個幾分鐘就到了。我之前就常聽春香說動物園在她母親的娘家附近，小時候大人常帶她去那裡逛。我自己是從小學遠足之後就不曾去了，所以還挺懷念的。

春香非常喜歡動物。明明沒什麼了不起的事，她卻看得津津有味，像孩子般興奮。

「你看、你看！那隻熊在睡覺耶！」連熊在睡覺，都能讓她感動萬分。

我有點無奈地說：「妳好像很喜歡動物嘛？」

她點點頭，從口袋掏出一樣東西。

「你看，這也是動物！」

那是一個小熊形狀的零錢包，從髒污的程度看來，春香已經使用很久了。

我故意笑她說：「妳還在用這麼幼稚的零錢包啊？」

「你管我！」春香裝出生氣的樣子，然後露出了令人玩味的微笑。

動物園裡幾乎沒其他遊客。走著走著，春香又提起她父親的事。

「聽說我剛出生的時候，爸爸和媽媽還有我，曾一起來逛過這家動物園，雖然我不記得了。

爸爸很厲害，一下子就和別人混熟了。聽說那天和今天差不多，園裡沒什麼人，他和負責照顧動物的員工聊開了之後，那人索性幫我們做起導覽，還讓我們到一般遊客不能去的地方。

既然現在難得住在動物園附近，就突然很想來逛逛……只是自己一個人來好像不太好，所以就約洋介了。」

「妳也可以找妳媽媽啊。」

「都這個年紀了，還和媽媽一起逛動物園，這樣很奇怪耶。再說，媽媽現在也沒心情陪我出來……」

春香的臉沉了下來。

「我……我覺得這動物園一點也沒變耶。記得我最後一次來動物園是六、七年前的事了，園裡還是當初那些動物嘛。」

我慌張地轉移話題。

「對了，妳爸爸跟妳說了些什麼呢？」

春香從小熊錢包裡拿出早就準備好的紫色紙飛機，小心翼翼地把它攤開。

先入為主

是把可能變不可能的元兇

當我看著她寫在色紙上的字時，春香說。

「動物園裡的動物，絕大多數都是在動物園裡出生、被人類養大，所以敢親近人類，不像野生動物那樣怕人。不過，牠們偶爾也會發狂、失控。動物園會給情緒失控的動物帶項圈或腳鏈，限制牠們的行動。」

「雖然很可憐，但也沒辦法。就算是家裡養的小狗也是這樣啊。」

「聽說年紀還小的動物，一帶上項圈或腳鏈就會亂衝亂扯，想要掙脫、逃跑，有時候動作激烈到連自己都弄傷了。可是通常戴一陣子之後，就不會激烈反抗了。你知道為什麼嗎？」

「動物也有智慧、會學習吧。被鏈子綁過幾次的動物可能會想，一旦被鏈起來，再怎麼掙扎也沒用，只會把自己搞得精疲力竭，不反應才是最聰明的選擇。」

「你說的沒錯。那你覺不覺得，我們和牠們很像？」

「啊？」

「小動物長大後，如果真的想掙脫鏈子或項圈，應該是掙得開的；但牠們絕對不會這麼做。只要一繫上項圈，馬上就變得乖順聽話

那是因為，牠們從小就不斷經歷一旦被鏈住就再也掙不開的過程，從此產生『被鏈住後就不能動』的印象。」

「結果，那些不再掙扎的動物就覺得自己比較聰明，認為掙扎只是白費力氣，其他在掙扎的動物都是沒學習能力的笨蛋。」

「聽說養動物的人就是利用這種心理，隨著牠們的成長不斷加粗鏈子，等到動物放棄抵抗的時候，就不再使用堅固的鏈子了。

有些動物因為很早就被這種觀念制約，就算長大以後變得很強壯，只要被細繩子稍微套住脖子，就會立刻安靜下來。」

「聽起來好悲哀哦。不過，我們人類的確好像也是如此。」

「沒錯吧。爸爸說，人類被束縛的情形更明顯。才十七、八歲的年輕人，就已經被根深蒂固的觀念制約了。」

「例如，只是一次考試成績不理想，就認為自己不是念書的料。像這樣嗎？」

「不只有念書，人生所有事都一樣。有些人才十幾歲，就認定自己『沒有能力、再努力也沒用』。到最後，就連再簡單的事情都做不到了。」

春香這段話根本就是我的寫照。

隨著年齡增長，人越來越會用「那種事是不可能的啦」、「再怎麼樣都比不過別人」之類的話打擊自己的夢想。

最後甚至連嘗試都不嘗試，就直接給自己貼上「做不到」的標籤，平白葬送許多夢想。

「不管什麼事都一樣，用前二十年的人生經驗評斷自己什麼事做不來，實在是言之過早。說不定隔五年再試，就輕鬆辦到也不一定。

但是，很多人總是拿昨天的失敗當作藉口，告訴自己這一生永遠都做不到。昨天做不到的事，是不能拿來當作今天也做不到的藉口的。因為能力會隨時間增長，情況會隨能力改變。」

聊完這段話之後，我才知道當天是春香的生日。

那天，春香依舊穿著有蝴蝶結的雪白洋裝，搭配平常戴的帽子，只不過帽子上多了一朵白色小花。我一樣是圓領衫搭工作褲，還好早上有特地洗過澡，至少身上沒汗臭味。

知道那天是春香的生日之後，我慌張地跑進動物園的紀念品販賣部，買了隻大象玩偶給春香當生日禮物。雖然是小心意，價錢也不貴，春香卻高興得不得了。

「謝謝你，我好開心！這禮物好有紀念價值，我一定會好好珍惜它的。」

春香雙手抱著大象玩偶，微笑地凝視它好一會兒，然後慢慢抬起頭，說出一句出乎我意料的話。

從之前的模式看來，其實應該沒什麼好意外，只是我沒想到她會在這個時候說。

「洋介……我差不多該回家了。」

我們見面的時間一定是上午，見面時間頂多一小時。這天春香也是等不及中午就說要回家。

我很高興春香願意找我陪她過生日。不過，高興的心情沒維持多久，我就對這種約會模式感到些許厭煩了。我納悶著：難道見面時間不能再久一點嗎？

同時，我也對自己的貪婪感到羞愧。剛認識的時候，光是可以見面就夠我雀躍一整天了，想都沒想過我們可以這樣說話。知道我們可以單獨見面的時候，我更是整個人興奮到快暈過去。

現在卻不一樣了。我們今天一起過了生日、說了好多話，我卻還不滿足。想到這裡，連我都厭惡自己這麼貪心，但我卻無法停止這種想法。

像今天這麼特別的時候，我更想和春香多待在一起，但終究說不出口。我以為春香中午前就要回家的理由和以前一樣，是怕媽媽嘮叨，但我錯了。

「其實，我從早上就開始發燒。」

春香的皮膚原本就很白，但直到她這麼說我才發覺，她今天真的是一點血色也沒有，幾乎是蒼白的。

「妳還好嗎？我送妳回家吧。」

「不用了。我家就在附近，我可以自己回去的。」

春香勉強擠出笑容。我看得出來她不要我送她回去。她回去時，還不時回頭笑著對我揮手道別。

春香白色的背影漸漸遠去，在驕陽蒸起地表熱氣烘托下，更是美得楚楚可憐，猶如嬌弱的花朵。

日照和春香離去時一樣強烈，我映在路面上的影子看起來卻是又長、又淡，是心理作用嗎？不知不覺之間，油蟬嘹亮的鳴聲已經被寒蟬[2]惋惜夏日將盡的鳴聲取代。

夏天已經接近尾聲……

2 晚夏到初秋的蟬。

電話

和春香分開後，整個回家的路上我都在想。

（為什麼只能在中午之前見面？）

（她會不會其實不想和我見面……）

（但是，她如果不想見到我，就不會邀請我陪她過生日了吧？）

（難道她下午要和那位「最支持她、在她生命中佔有重要地位」的人一起度過嗎？）

（不可能。因為春香不像會說謊的人，她下午一定都待在家裡。）

說不定那樣……說不定這樣……我的腦袋翻來覆去都在想春香的事。

今天的春香和前幾天沒兩樣，除了回家前臉色真的很差以外。

（她還好吧……）

那天晚上，我拿出春香第一次來店裡寫的那張紙條，盯著上面的電話和地址看了很久，終於下定決心：明天，換我打電話給春香！

擔心春香的心情不假，但我內心一直在尋找打電話給她的機會，也是不爭的事實。之前都是春香主動打電話給我，我一次也沒打過電話給她。

春香曾說：如果讓她母親知道她跑出去外面，她母親會不高興，她也不想增加她母親的負擔。所以我也一直避免打電話去，免得她母親知道春香和我見面，會害她尷尬。

隔天早上十點，我走到電話機前，又走回自己的房間，始終沒勇氣打過去。

好不容易，我再次鼓起勇氣走到電話機前，卻在電話機前呆立一個小時才撥出電話。

春香把電話號碼寫在紙上，不就是我可以打電話給她的意思嗎？她總是在這時間回家，可能是因為她母親差不多這時才要到家。眼看自己再不打過去，就要錯過可以打電話的機會了，我才說服自己趕緊撥電話。

——嘟嚕嚕……嘟嚕嚕……

聽到撥號聲，我的心臟開始急速跳動，全身變得僵硬。我不斷祈禱是春香接我的電話……

——卡喳。

電話被拿起來了！

「你好。」

不是春香的聲音，似乎是春香的母親。

「請、請問，這裡是宗像家嗎？」

「是的，請問哪裡找呢？」

「我姓近堂。請問春香在嗎？」

春香的母親停頓了一會兒，話筒那頭傳來一聲嘆息，隨即問道：「請問你有什麼事呢？」

「沒什麼特別的事……只是想問問她身體好點了沒有？」

「抱歉，我女兒現在不方便接電話。不過我會告訴她你來過電話，謝謝你關心。」

「那就……麻煩您幫我轉達。」

我懷疑春香的母親根本沒聽到我最後一句說什麼，因為她幾乎在我說完最後一句話的同時，就掛上了電話。

我怎麼聽，都感覺不出春香的母親對我是善意的。相反的，我只覺得她認為我打擾到她們。總之，到最後我還是不知道春香為什麼不能來接電話。

我很後悔打了這通電話。說不定，這通電話還會暴露春香和我見面的事——這是春香小心翼翼保守不讓她母親知道的祕密。不知道見面的事會不會因此曝光？

我打完電話之後，比打電話之前更擔心了。我很想和春香說話，卻已沒勇氣再拿起話筒。

我只能等春香打電話給我。

春香打電話給我已是隔天上午的事。她說話的聲音比我想像中開朗，讓我聽了安心不少。

「妳還好吧？」

「我已經好了，就別管昨天的事了。對了，爸爸昨天告訴我一件很棒的事哦，我聽了好感動，下次見面也說給你聽。」

聽到這裡，我大概知道昨天春香不能接電話，和春香的母親接電話態度冷漠的原因了。

（原來那時候春香跑去找她父親，所以不在家啊。）

我心中的疑問解開了。

「妳媽媽還好嗎？」

「我媽媽？她怎麼了嗎？」

「我昨天打電話去的時候，她好像不太高興。」

「你昨天打過電話給我？我完全不曉得有這回事。不好意思，我媽媽都沒告訴我。她有沒有對你說什麼失禮的話？」

「沒有。」

「真的嗎？我會跟我媽說的，有電話怎麼可以不告訴我呢。先別管她了，我有一件很重要的事要告訴你。」

春香音調忽然低沉了下來。

「明天，我會和媽媽出去，到時就知道我之後會怎樣了。」

「『會怎樣』是什麼意思？」

「是繼續在這個小鎮跟媽媽生活，還是到爸爸那邊去啊。」

我不知道該怎麼回應才好。我也很關心這件事，但事關重大，不是我能決定的，我只能乾著急。

「這樣啊。」

「我……」

春香說到一半，忽然停了下來。

她在哭嗎……？

雖然不確定，但我隱約有那種感覺。

「我不知道結果是哪邊，所以很擔心……」

我努力尋找可以回應春香的話。

（妳自己想跟哪一邊呢？）

這個問題在我心裡轉了又轉，卻始終問不出口。

「……」

我拿著話筒，一句話都說不出來。春香很快地裝出開朗的聲音。

「不過，我再怎麼煩惱也無濟於事啦。既然事情不能改變，想再多也沒用。不管到頭來我要跟哪一邊，都是命運的安排，我應該要努力接受、盡量往好的地方想才對。」

「說的也是。不管去哪一邊，妳都會過得很好的。」

除了想問春香想跟哪邊住之外，我還有堆積如山的問題想問她。
比方說：住在兩邊的時間怎麼分配？春香的父親住在很遠的地方嗎？
還有……春香怎麼看待我？
但我問不出口。我怕不管我問什麼，都會聽到和期望相反的答案。
（春香一定想跟父親一起住吧？）
春香只要提到她父親就很快樂、很有精神。就連和他素昧平生的我，都因為他的話找到勇氣，改變了想法和生活的方式。對春香而言，他一定是更重要的人。
再想到春香提到她母親時的心情，怎樣都說不上開朗。我沒聽春香說過她母親的壞話，但是她稱讚的對象一直都是她父親。每次提到母親，春香總是一邊表示自己可以理解母親的難處，一邊無奈嘆息。

「我也了解媽媽的心情，但她有時太操心過度，連芝麻綠豆大的小事都要操心，讓我有點快窒息的感覺。」

我想我可以體會春香的心情。因為就連我都不得不顧慮她母親的想法，克制想延長見面時間的念頭。

我不清楚春香的母親究竟遭受過什麼精神苦難，但我覺得那很可能是自尋煩惱。如果因為自尋煩惱而頻頻干涉十七歲女兒的日常生活，我覺得是不合理的。所以我不禁懷疑，春香和這樣的母親一起生活會快樂嗎？

想到這裡我不得不承認，春香幾乎沒理由留在這裡。除非……我想來想去，只想到一個原因。

（除非，為了我……）

我不覺得自己有這麼大的魅力。我認識春香的時間連一個月都不到，怎麼可能和從小到大在一起生活的親人相提並論？

何況我根本不知道自己在她心裡的份量。再說，春香也說過她有一位「重要的人」……

要在這種狀況下找到回應春香的話並不難，但當時我的人生經驗還太淺，頂多只能說「這樣啊」或「原來如此」。至於在我心裡縈繞不去的疑問，直到掛上電話為止，我一句也問不出口。

春香在電話裡說，等事情有定論會再見面跟我說。

於是我們約了兩天後見面，就掛上電話。

按照以往的經驗，我以為見面時間會在中午以前，沒想到春香指定下午一點見面。

建議

隔天，我怕我沒事待在家裡會不自主地一直想起春香，便決定去找小學同學祐次。

我第一次向別人提起春香的事情，就是祐次。

祐次是我很信賴的多年好友，而且他雙親離異，目前和母親住在一起，家庭背景和春香很像，我很期待和他聊天可以得到一些啟發。

「我覺得，那個叫春香的女孩子一定不想選邊住。因為同時和兩邊一起生活才是最幸福的。

她會擔心，不是擔心事情會不照自己的期望發展，而是擔心將來會變怎樣。她面對這件對自己影響如此重大的事，卻無能為力。就算她真的比較喜歡某一邊，也不可能那麼容易就決定。」

我從頭到尾點頭附和，安靜聽祐次說。

「我當時就是這種心情。一想到以後可能要跟爸爸住，就擔心媽媽一個人生活有沒有問題；又想如果我和媽媽住，爸爸一個人生活有沒有問題。

想來想去，到最後，我覺得最需要我陪在身旁的人應該是媽媽。當然，在經濟方面是媽媽那邊比較令人擔心；我也很清楚，跟著媽媽生活會比較辛苦。可是與其和爸爸生活，再擔心媽媽，我寧可一開始就辛苦一點，直接和最需要自己的媽媽一起。

聽你的描述，我覺得那女孩的父親很堅強，她和她父親一起住，可能比較幸福快樂。但是反過來想，而且是站在那女孩的立場想，又會覺得她父親不需要她也可以過得很好。所以我猜，她可能會想陪在最需要自己的母親身旁吧。因為她母親已經身心俱疲了。」

聽完祐次分析，我原先認為春香比較想和父親生活的想法被推翻了。

（所以，春香一定是想留在這裡。）

想到這，雖然還不知道結果如何，但我覺得好像看到了希望。

祐次還這麼說：「面對這種事，父母也會問子女『想跟哪邊住』，有時那會是很重要的決定因素。」

在我的心裡，期待稍微勝過了不安。

由於和春香見面的時間是隔天下午，我決定留在祐次家過夜。我和祐次聊了很多，聊到快天亮才睡。

我們聊以前的事、從別人那裡聽來的趣聞、升學的事，聊音樂，聊女孩子……無所不聊。特別是將來的事，我們聊得最熱烈。

那時，我已被春香的父親徹底感化，於是現學現賣，自信滿滿地向祐次說出我的決定。

「我決定要怎樣面對自己的未來了。大家好像都是到我們這年紀，才開始具體規劃未來的事，可是我覺得那樣很不積極，只是火燒眉毛，不得不想對策。

其實我也是這樣。明明我們從小就有很多夢想：長大以後要做什麼、想住什麼地方……根本不會煩惱夢想在現實生活中會不會實現，只是高興地把夢想畫得又遠、又大、又多。」

說到這個話題，換祐次在一旁點頭傾聽。

「可是，很多人到了必須決定未來方向的時候，就莫名其妙地以為只能從以前做的眾多夢想中，挑選一個去實現，平白無故割捨掉好多夢想。不過這種情況還算好的。雖然只留下一個夢想，至少還有夢想。和大多數人的情況相比，這種人還算少數呢。

絕大部分的人，連一個夢想都沒有剩下。

有些人什麼也不做，隨便就把以前的夢想、目標都拋掉；有些人雖然嘗試去實現，卻因為一點挫敗就放棄了。

可是人一定要有夢想。不只我自己這麼覺得，連周遭的人也都這麼說。所以，我也曾想從身邊隨便抓一個工作當作夢想，而且是誰都做得到的。

我一度陷在那種危機裡，直到現在才覺醒：不可以那樣，那不是我真正的夢想；人生只有一次，我絕不要虛度。我決定我這一生要實現自己描繪過的偉大夢想，而且，我不要實現一個就心滿意足，我要實現全部的夢想。我已經下定決心，我要拼過升學考試，因為那是實現夢想的第一步。」

我說得熱血沸騰，聽得祐次感動不已。

「你說得沒錯，人生就應該那樣過。我也會加油的！」

祐次注視著遠方，認真地回應我。

神奇的是，我們明明什麼都還沒開始做，只是說出自己的信念而已，卻感覺夢想已經在彼端向我們揮手。

明明是這幾天才學到的事，就在我告訴祐次的瞬間，確實地變成了我的信念。

後來我還說了好多事，說到祐次已經睡著還不自知。我的人生目標逐漸清晰起來。眼看再過不久就要天亮，我決定閉眼休息了。不過，我心裡有另一個決心正在悄悄成形。

「明天，不管春香那裡的結果如何，我都要告訴她我的心意。就算她要離開這個小鎮搬到很遠的地方，我也要和她約好，以後一定要繼續聯絡。」

然後，我在心裡面反覆對自己說：「只有懷抱熱情、努力不懈的人才能有偉大成就」，直到睡著為止。

當我滿身是汗的醒來，才發覺房間已經被太陽烤得像蒸籠。

「已經中午了嗎？」

我慌張地起床看時間。十一點。

「還好，還來得及。」

我趕緊收拾東西。祐次這時才睜開眼睛。我和祐次說聲「我先走了」，便趕緊奔回家。

距離見面時間還早，但我希望先回家沖個澡，洗去一身汗水再去赴約，所以得先趕回家。

我使勁踩著腳踏車、一路衝回家，完全沒想到事情竟有意外發展。

「我回來了。」

老爸在店裡面。

「你回來啦。十點左右有人來找你哦。」

「誰啊？」

「宗像……」

「春香來過？」我急著地打斷老爸。

「不是，是春香的媽媽。她要我把這封信轉交給你。」

我接過信。信封上面沒有署名。我盯著信發呆，同時有不好的預感。

「唉呀，沒想到你說的那個女孩，竟然是宗像太太的女兒。爸爸跟宗像太太是小時候的玩伴。上個月宗像太太來過店裡一次，我以為她回來看老人家，後來才聽說她回來娘家住一陣子。以前啊……」

我根本沒在聽爸爸在講什麼。

（為什麼會這樣？）

（為什麼不是春香，而是她媽媽過來？）

我呆立在原地，腦袋裡這兩個問題不斷地打轉。

春香的房間

我一回到房間，就立刻把信拆開，緊張得胃都開始絞痛起來。

洋介：

對不起，我今天不能和你見面了。

結論是我必須搬去和爸爸一起住，只能用這封信和你道別。

你先代墊的書錢我還沒還給你吧？我把那筆錢連同這封信一起給你。

很抱歉這麼晚才還錢。

請保重哦！我衷心祝福，你可以實現人生清單上的所有夢想。我會在遙遠的地方為你加油的。

我很感謝這段期間你陪我做的所有事情，我真的很開心！

再見！

附註：我會把你送我的大象玩偶帶去陪我的。

某種無法言喻的情緒吞沒了我，不是生氣，也不是悲傷。我失神地拿著信在房裡踱來踱去，反覆拿起信紙看了又看。

我在心裡不斷吶喊：為什麼是這樣、為什麼會變這樣？我心裡滿是無解的疑問，懊惱地想哭。

我知道，就算我打電話過去，春香的媽媽也不會把電話接給春香。

我實在忍不下去了，騎上腳踏車衝出家門。

無論如何，我都要再見春香一面。奮力踩著腳踏車的雙腳，很自然地奔向春香家。

我也清楚，去找春香不能改變任何事實。但說不定我運氣好，剛好遇到春香要出門，一圓見面的心願。不過坦白說，除了去找春香，我不知道自己還能做什麼。我沒辦法忍受自己傻傻待在房間什麼事也不能做。我不知道春香家怎麼走，但我記得她家地址。因為她在第一次見面時給的那張紙條，我重複看到都會背了。

我奮力踩著腳踏車前進，同時在心裡不斷吶喊：「為什麼？為什麼？」

我沒花多少工夫就找到春香的家。

春香家佔地有一般人家的四倍大；住宅和庭院佔地幾乎一樣大；寫著「宗像宅」的門牌也相當氣派。春香家的確就在之前去過那家動物園的附近。

我原本打算騎到春香家附近，再慢慢尋找她家的正確地點，沒想到這麼輕而易舉就讓我找到了，讓我一時之間想不出下一步該做什麼，乾脆先從她家門前騎過去。

（我到底在做什麼啊！）

我這才發覺，我都沒想過來到春香家之後要做什麼，就一股腦兒地衝過來了。

我只好騎腳踏車先在春香家附近繞一圈，再次來到春香家門口。

我望向春香的家，發現有隻玩偶坐在二樓右側向外突出的窗檯上。雖然是背對著窗檯，但我知道那是我送春香的大象玩偶。這代表春香還在這棟房子裡。

在這邊晃來晃去等於是浪費時間；不過，都這種時候了哪還需要顧慮時間呢。倒是要擔心自己會不會被當成可疑份子。現在，正在修剪樹籬的鄰居就直盯著我看。

我擔心繼續待在這邊可能會讓鄰居誤會。反正現在已經知道春香還在這邊，我決定先回家想好要做什麼之後再過來。

回程中，我不斷咒罵自己的怯懦。說不定再也見不到春香了，還在意別人的眼光！

想想，如果同樣的故事拍成電視劇，劇裡的男主角一定會站在街上混雜的人群中，對著離他十幾公尺遠、正要離去的女朋友，毫不避諱眾人目光地大聲吶喊：「我愛妳——」

我很清楚自己絕對做不出那樣的事。我討厭懦弱的自己。

那晚我一刻也沒睡著。我跟以前一樣不斷在腦海中推演：如果這樣做，可能會變那樣；如果那樣做，可能會變這樣……

我也想過要寫信給她，但提筆寫沒幾行就放棄了。我連自己的思緒都理不清，哪有想法可以寫信。

我把信紙揉成一團往房間角落的垃圾桶扔，結果沒扔進。我走過去撿起紙團，回到原位坐好再扔一次還是沒扔進，好幾次之後總算成功扔進桶裡。

扔紙團前我許了願：如果紙團成功扔進垃圾桶，我和春香就能順利交往。我知道自己的舉動很愚蠢，卻又阻止不了自己。

其實我心裡已有答案，只是希望有個什麼理由支持我和春香繼續下去；再無聊的理由都好。我終於在快要天亮時下定決心。

（我要在今天中午以前去找春香。不管春香準備搬到多遠的地方，都一定要她和我保持聯絡。）

我絕對不再讓自己後悔。

我趁天亮前沖澡、穿好衣服，然後出門。為了堅定決心，我決定牽著腳踏車一步步走過去。

十點左右，我走到了春香家門口。我抬頭仰望二樓的那間房間，看到大象玩偶還在。

（如果春香剛好從窗戶探出頭來，我就不用按對講機了……）

我帶著一絲期待仰望窗戶好一會兒，卻感覺不出有任何人出現在窗邊的可能。

突然有個聲音從我背後傳來。

「你……」

我太專注觀察樓上的情形，完全沒察覺後面有人。我慌張地回過頭。

「你是洋介吧？」

一位女性站在我背後。不知道是不是沒化妝的緣故，她看起來有點悲傷，但仍然十分溫柔美麗。

「啊……我、我是。」

她把視線往下垂，嘆了一口氣又深吸一口氣，接著把臉往上抬，勉強地笑了笑，那表情隱約透露了複雜的思緒。

「你好，我是春香的媽媽。你是來找她的吧？謝謝你過來。請上來坐吧。」

春香母親的出現太出乎我預料，我一時摸不清楚狀況，糊里糊塗地回應了一聲，就跟著她走進庭院。

日記

春香的母親把我帶到客廳，讓我坐在沙發等候，隨即走出客廳。

春香的家很寬敞、很安靜，安靜到幾乎沒人在家的感覺，我開始擔心春香會不會不在這屋子裡了。

客廳有一座很大的水族箱，連裡頭魚兒的游動都安靜異常。我緊張到耳朵只聽得見幫浦運轉的聲音和掛鐘的滴答聲。

客廳還擺了歐洲古堡模型，那應該是春香父親的傑作，春香曾提過它。它就和春香說的一樣，裡頭點了燈，散發著溫暖的氣氛。

過了一會兒，春香的母親用托盤拿了紅茶和蛋糕進來，放在我面前的咖啡桌上。

「我不曉得春香那孩子跟你說了些什麼，不過我大概想像得到。」

春香的媽媽朝客廳角落的書桌望去。

「我給你看樣東西。」

春香的母親和我想像中差很多。我以為她是個隨時都在發怒、歇斯底里的人。事實上，她的臉上雖然沒有笑容，但長相端莊、談吐優雅，既漂亮又有氣質。才第一次見面，我就發覺之前的想像都是誤會。

「我要給你看這個。」

春香的母親遞給我一本相當陳舊的本子，我有點緊張地用兩手接過。

「這是……？」

「你從夾書籤的地方開始讀看看。」

春香的母親稍微揚起微笑——好感傷的微笑。

「是……」

我輕輕翻開書頁，按照春香母親的指示，翻到夾有書籤的那一頁。那是本年代老舊的日記。書籤夾在十八年前的二月二十二日那頁。

我驚訝地仰頭看春香的母親。不過春香的母親瞥開視線，看著茶几上的紅茶杯。我覺得她是刻意要避開我的視線，於是重新看向那本日記。

二月二十二日

給我還在媽媽肚子裡的孩子

今天我陪媽媽去醫院做產檢。

醫生說媽媽的懷孕過程很正常，爸爸和媽媽聽了好安心。

媽媽孕吐得很厲害，可是媽媽每天都輕撫肚皮和你說話。

你有聽見嗎？
醫生說，你比上次做產檢時長大十公分多，
已經開始長手指頭和腳趾頭了。
你要快快長大，爸爸好期待半年後能和你見面。
爸爸這幾個月都在想，
媽媽用自己的生命給你當後盾，
那爸爸應該做些什麼來迎接你呢？
於是，爸爸決定從現在開始，要做一些對你將來有幫助的事。

爸爸希望你幸福。
而且不管怎樣都要讓你幸福。
你覺得幸福的生活需要什麼呢？

很多人認為有很多錢就幸福，但爸爸不這麼認為哦。

爸爸認為，堅強的韌性和智慧才是在任何情況下都能幸福的關鍵。

幸福不是來自財富，

不論你這一生需要什麼，

爸爸都希望你擁有創造幸福生活所需要的堅韌和智慧。

不要被周遭的價值觀迷惑，做你喜歡的事情，

不管面對任何情況，都要用開朗的心積極面對、善待身旁的人。

爸爸希望你成為既溫柔又堅強的人。

不管你是男生或女生。爸爸希望把你教育成這樣的人。

你來到這世界上以後，爸爸會讓你自由地思考，多嘗試，

從失敗中學習、茁壯，長成聰明的小孩。

爸爸會一直在身旁守護你，在你需要的時候給你建議和勇氣！

爸爸希望你相信自己擁有無窮的潛力、什麼都辦得到！
相信自己可以擁有自己想要的人生！

爸爸擔心，
哪天你需要爸爸給你勇氣，爸爸卻不在你身旁，
你會不知道該怎麼辦。
所以為了預防萬一，爸爸從現在開始，
要把每天想到要跟你說的話寫下來。
爸爸想，當你在人生旅途中滑跤或被絆倒，
需要勇氣重新站起來的時候，
爸爸可以給你什麼建議呢？
爸爸決定回想自己的人生，把我所能想到的全寫下來告訴你。

當然，爸爸的日記只是為了預防萬一才準備的，
只要爸爸在，爸爸一定會親口告訴你。
不過我想，這些內容總有一天派得上用場。
假如你是女生，你可能到了某年紀會不想和爸爸說話，
那時爸爸的日記就可以派上用場。
假如你高中畢業就出國留學，
爸爸雖然不能陪在你身邊，
但是爸爸會讓你把這本日記帶過去。
假設之前的假設都沒成立，
你一直到為人父母時才發現這本日記，
或許你會想把日記留給你的子女，也就是我的孫子呢。
光是想像這些事情，寫日記就變成我最期待的樂趣。

爸爸想，爸爸現在就可以為你做的，就是這件事！

或許有人不能理解爸爸為什麼要為你寫日記。
可是，人生什麼時候會發生什麼事，是沒辦法確定的。
很多人理所當然地以為今天過去，明天就會來；
有些人嘴巴上說明天的事誰也不能保證，
卻從來沒認真想過自己可能突然就沒有明天。
沒錯，突然就沒有明天的可能性很低，
如果沒意外，爸爸也覺得自己可以陪你長大成人。
那麼，為什麼爸爸還要預防萬一給你寫日記呢？
那是因為爸爸沒見過自己的爸爸。

爸爸的爸爸，也就是你的爺爺，
在爸爸還在媽媽肚子裡時，就因為戰爭去世了。
在爸爸那個年代，這是常有的事。
所以爸爸沒見過你爺爺。
而且就連你爺爺的一生如何、關心什麼事都不知道。
爸爸常想：「你爺爺是怎樣的人呢？」
「如果他還在，他會怎麼說呢？」
到今天都還這樣。
在爺爺的年代，就算他像爸爸現在這樣，
知道妻子的肚子懷了孩子，也得上戰場。
那時你爺爺是怎樣的心情呢？那時你爺爺想對爸爸說什麼呢？
爸爸猜，爺爺一定在想：如果可以永遠在一起生活，要怎樣撫養爸爸長大吧？
爸爸的疑問和想像到今天都沒斷過。
但爸爸不曾找到答案，
令人遺憾的是，今後也不會找到答案。
現在，你還在媽媽的肚子裡面，我也快要為人父親。
我相信你爺爺一定有很多話要告訴爸爸，
可惜爸爸永遠聽不到了，爺爺心裡一定很遺憾。

所以，爸爸要把想說的話寫下來，
今天就寫，不要等到哪天才告訴你。
只要你想知道「這件事爸爸會怎麼想」，就可以翻日記找到答案。
再過半年，你就會來到這世界了。

爸爸和媽媽現在都很努力在學習怎麼當好爸爸、好媽媽哦。
每天都很認真、很努力在學習哦。尤其是媽媽。
不過你不用著急，你就安心地在媽媽的肚子裡慢慢長大吧！加油哦！

爸爸

那一天的日記，就記到這裡。
我啪啦啪啦地翻頁，快速瀏覽後面的內容。春香的爸爸每天都寫一篇，而且每篇都有標題。這篇之後還有十幾頁。
（哇，每天都寫耶！）
看到這裡，我已百感交集；既驚訝，又感動。
標題從〈為什麼要讀書〉、〈不知道為什麼就是提不起勁〉、〈朋友相處不簡單〉，到〈工作的意義是什麼〉……各個階段、面向都有。就連

〈開公司前的準備工作〉都有傳授。我也看到春香跟我提過的模型的事，就寫在〈點一盞心燈〉那篇。

每篇都是那時的我會想知道的事情。

（這本日記收藏了滿滿的愛：對即將出世的小孩的愛，還有對妻子的愛。既然他這麼愛妻子，為什麼要分開呢？宗像太太人很好啊，為什麼……）

我一頁頁地翻下去，想找到可以解開疑問的線索。

「這是那孩子的爸爸。」

春香的媽媽發現我讀完了，便開口說。

我仰頭看春香的媽媽。

「春香的爸爸好像很疼春香。」

春香的媽媽輕輕搖頭，一滴眼淚瞬間從眼角奪眶而出、滑過臉頰，接著淚流滿面。

我很困惑，但不敢出聲。

「不是的。我是說，這本日記就是那孩子的爸爸。」

我一句話都說不出來，完全無法理解事情的發展。

（什麼？這到底是什麼意思？）

春香的媽媽繼續說。

「那孩子的爸爸，在那孩子出生後半年就走了。腦中風走的。坐車出差的時候突然失去意識，連人都沒回到家就走了，走得很突然。」

「可是……」

「那之後，那孩子就把這本日記當成爸爸。那孩子自從懂事以來就很堅強，不管遇到什麼事情都想辦法自己解決。遇到自己解決不了的事或煩惱就說：『我去問問爸爸的意見』，然後就自己去翻日記找答案……直到現在都是這樣。」

「那……春香跟我說，她要和爸爸一起住，又是怎麼回事？」

春香的媽媽用手帕拭掉眼淚，平復情緒之後勉強擠出笑容。

「春香現在在樓上睡覺。洋介，你可以上去看一下她嗎？她一定會很高興的。那孩子……那孩子差不多要去找她爸爸了。」

說完，春香的媽媽再也按捺不住自己的情緒，掩面哭泣了起來。

我不知道該怎麼辦，只能呆站在一旁。

門後的真相

（這是怎麼回事？春香……會死掉嗎？）

我曾聽說人遇到太突然、想像不到的事，一時間會沒辦法接受事實。當時的我就是那樣。那時我沒流下一滴眼淚，不是因為我悲傷過度，而是因為我還沒辦法接受事實。

（怎麼可能會有這種事……）

我感覺自己好像被迫聽到奇怪的故事，又被迫要去接受。但回想起過去的一些事，又覺得事情好像早有跡象。

我沉默著，不知該說什麼好。

春香的媽媽平復情緒後，擠出微笑繼續說。我生平第一次看見那麼痛苦的微笑。

「那孩子的頭長了惡性腫瘤。我們跑了好幾家醫院，每位醫生都束手無策，我們不曉得還能怎麼做，只能向天祈禱，祈禱病情不要繼續惡化……」

春香的媽媽揉揉鼻子，視線越過我的頭頂，望向遠方繼續說。

「自從那孩子認識你，我一直阻止你們見面。因為我們的希望落空，那孩子的腫瘤越長越大；讓你們繼續交往，到時會害你背負太沉重的傷痛。你們會認識是沒辦法的事，可是如果你對春香還沒用情太深，就算之後不能再見，也不會太難過吧。所以，我才認為你們能在交往不深的時候斷絕聯絡最好。

沒想到奇蹟發生。那孩子自從認識你之後，身體狀況好了很多。她以前光站就吃不消，可是這半個月來，也不曉得什麼原因，她變得像以前那樣很有精神，連我都忍不住幻想春香會這樣好起來……。

雖然她的精神是比以前好，身體應該還是很不舒服。她要跟你見面的前一天晚上，都會偷偷從床上爬起來，一直想要穿什麼衣服去見你，在鏡子前面拿衣服一直比都不嫌累，讓我這個做媽媽的看了好高興。是我太任性了，我真的對你很抱歉，可是我好希望成全她，讓她去做幾件開心的事，讓她完成幾個女孩子的夢想……所以把你捲進來了，真的很抱歉。

我到今天都還在猶豫到底該怎麼做才對。可是，當我在玄關前面看到你的時候，又很希望你上去給春香探病，算是為了春香好……趁春香還活著的時候……讓她像正常的十八歲少女一樣談場戀愛……」

春香的媽媽說到這兒便停住了。

我也想說幾句話，可是舌頭打結，發不出聲音。好不容易，我才擠出一句話。

「請讓我上去看看她。」

春香的媽媽說她先上去看看春香的情況，於是離開客廳。

我再次被單獨留在客廳。我想待會見到春香，一定要說幾句話才行。可是要說什麼好？我想不出來。更正確地說，如果不是親眼見到……就算那一天到了，我也不相信春香的媽媽說的是事實。

春香的母親再次回到客廳，把我帶上二樓。

我停在春香房門前深吸一口氣。春香的母親開了門先進去，我暫時待在走廊等候。

我忍不住往房內窺探，發現春香的房間看起來好像醫院的病房，床的四周圍滿醫療器具，還有機器不停運轉的聲音。機器運轉聲實際上很小，聽起來卻很大，對比之下讓春香的房間更顯安靜、更感覺不出人的聲息。

「春香，妳聽得到嗎？有妳的客人哦！」

春香的母親蹲在床邊輕聲叫醒春香，然後把臉轉向我這邊，對我微微點頭，暗示我到走到床邊。

我躡腳走進春香的房間。原本在走廊邊看不清楚的床邊景象，隨著我走進房內浮出視線、越來越清晰。躺在床上的春香，就像是沒有生氣的洋娃娃，身上還插著不知道是點滴還是什麼的醫療用管。

我一步一步朝床邊走近。

（這……這太殘酷了……）

春香母親的話逐漸變現實。等我終於走到床邊，我發現我已失去逃避現實的餘地。

春香和床彷彿是一體似的，一動也不動地躺著。她緩緩張開眼睛，連轉動脖子的力量都沒有，只能用眼睛注視我。

我很努力地微笑著。

「妳現在覺得怎麼樣？」

「洋介……你來看我啦，我好高興……」

春香用微弱到幾乎聽不見得聲音回答我，我不禁紅了眼眶。

我再也沒辦法壓抑自己的情感。我擔心我一開口就忍不住哽咽，只能任眼淚奪眶，靜靜凝視著春香。

「這次輪到我被你笑了。」

春香說完便把頭別過去。動作十分吃力，像在轉動重物。

「你看，我的頭髮也被睡成這樣。」春香笑著說。

我聽得不知該哭還該笑，心簡直碎了。

「春香！妳怎麼會……為什麼？為什麼會這樣……」

我不知該說什麼，又知道自己不能不說些什麼。

「我好開心……你第一次叫我『春香』耶……」

春香慢慢舉起左手。

「洋介，拜託你握住我的手……靠近我一點。」

我立刻靠近床邊跪了下來，用兩手握住春香的手，把臉湊近春香。春香的手已使不出力回握了。

春香的聲音更小聲了。我必須把耳朵湊到她嘴巴旁邊，才聽得到她的聲音。

「我很想證明……自己曾經在這個世上活過。差不多一年前，我發現自己沒辦法像大家一樣活那麼久，很擔心如果就這樣死掉，自己這一生算什麼？想到這裡我就很害怕……

爸爸為了我，努力留下那麼棒的禮物，如果我不能為這世界做點什麼就消失，我會很懊惱的。我好希望至少有一個人會說：『因為遇見妳，我的人生變得更美好了』。洋介，對不起……你就是被我選中的人。」

「幹嘛道歉啦。我一直都打從心裡感謝上帝，讓我有機會遇見妳。因為遇見妳，我的人生有了改變。我真的覺得，我的人生因為妳變得很棒。我真的、真的很謝謝妳！」

「謝謝你，你真的好善良。聽你這麼說，我心裡好開心哦。但是，你知道嗎？我們的相遇其實不是偶然的。」

「不是嗎？」

「從小時候開始，你就一直是我的英雄哦！」

「別鬧了……」

「真的，是你自己不記得而已，我可是記得很清楚。第一次遇見你是偶然沒錯，但這次不是。這次是我特地去找你的。」

「這到底是……」

春香斷續地說著。說話聲音還是很小，我看得出來她很痛苦，可是她拼命要說話。

「上小學之前的那個夏天……我和媽媽去逛動物園，就是附近那家。那天很巧，你和你爸爸也來逛動物園。因為我媽媽和你爸爸是高中同學……我們四個人就一起行動了。

我很怕生……一直躲在媽媽背後……然後洋介就說……『這個給妳』，把才剛買來的這個送給我了。」

「這個？這是我送妳的？我完全不記得了……」

春香拿出那個上面有小熊刺繡的零錢包。

我不由自主地掉下眼淚。我知道我不可以哭。我哭等於是告訴她，她的病情真的很嚴重；但我沒辦法再繼續壓抑情感，於是眼淚潰堤，我只能任憑眼淚不斷流下。

我努力調整好呼吸，才敢再跟春香說話。

「好啦，妳也該休息了，太累對身體不好。」

這時，春香已經連發出聲音都很痛苦，每個字都要喘著氣才說得出來。

「等一下……先別回去……我有話……一定要……現在……告訴你。」

春香突然用力握住我的手。

「洋介……答應我兩件事。」

「好，什麼事都可以，妳儘管說。」

「洋介很有潛力……不是恭維……我說真的。所以……所以我希望你……活出自己的……燦爛人生。你要實現……全部的夢想……我要你答應我。」

「好，我答應妳。妳教過我的事情，我全都會去做。我會有偉大的夢想，別人都不能跟我比，不管遇到什麼困難，我都會實現我的夢想。」

「謝謝你……我相信你一定可以的。」

「另一個約定是什麼呢？」

「另一個……現在還不能說……我怕……不能再見到你……所以我寫了信……放在書桌……最上面的抽屜……你以後再看。」

我伸手抽出抽屜，果然有署名「給洋介」的信。

「這個嗎？」

「對……太好了……我放心了。……洋介……真的謝謝你……還有……真的……對不起。」

「不要再跟我對不起了。我才要謝謝妳，春香，謝謝妳。我明天再來看妳。妳先好好休息吧。」

「好……我會的。」

我正要把耳朵移開，發現春香似乎還想再說什麼，於是又把耳朵靠過去。

「我媽媽，不喜歡人家叫她『伯母』……比較喜歡人家叫她『藤子阿姨』……你叫她藤子阿姨……她會很高興的。」

「好，我知道了。」

我再次把臉挪開的時候，春香已經閉上了眼睛。我把握過春香的手輕輕貼在胸前，然後退出門外。

『藤子阿姨』露出溫柔的微笑說：「謝謝你……」

我發覺自己快要克制不住想哭的情緒，趕緊借用洗手間，讓自己獨處，果然才一進去就崩潰了。我把水龍頭扭開，把水轉到最大，然後蹲在地上痛哭。

想到春香明知道自己生病，還不斷開朗地鼓勵我、幫助我實現夢想；想到春香的父親不知道女兒的命運，天天為女兒寫日記直到自己離開人世；想到春香的母親已經失去摯愛的丈夫，還要面臨即將失去愛女的哀痛。我的淚水，就再也停不下來了。

我一直在洗手間待到情緒平復才回到客廳，藤子阿姨已拿好毛巾在客廳等候。

「真的很抱歉，讓你背負這麼痛苦的回憶……」

「不會的。我很高興可以再見春香一面。而且，知道真相也好。」

「謝謝你，我相信那孩子一定也很高興。」

「我明天可以再來嗎？」

「當然可以。不過你不用太勉強。」

「我每天都會來看她的。」

「你真是個善良體貼的孩子，就像你父親。」

「聽說您和我爸是朋友？」

「我和你父親是高中同學，那孩子的父親也是。」

「所以，我爸也認識春香的父親囉？」

「他們兩人是學校棒球隊的同學。」

「棒球隊的同學？」

「我高中時常去棒球隊幫忙。以你們今天的社團制度來說，就是球隊經理的角色。你父親和春香的父親感情很好，個性卻完全相反。你父親不愛說話，有想法都直接用行動表示。」

「我父親到現在還是這樣，每次我都要猜很久才知道他在想什麼。」

「他還是老樣子。不過他只是沒把想法說出口而已，心裡面早都全盤計畫好了。」

「……」

我不知道該回答什麼才好。藤子阿姨望著窗外的遠方，又說起過世丈夫的事。

「那孩子的父親除了喜歡打棒球之外，還有一個大家都想不到的偉大夢想。他常常提，但沒人把它當一回事。只有一個人每次都很認真聽他說，而且每次都鼓勵他『你一定辦得到』。那人就是你父親。後來，他真的辦到了。那些曾經看不起他的人，還說他是地方的光榮……沒想到那孩子出生沒多久，大好人生就要開始時，他就突然走了……」

藤子阿姨發覺自己眼淚流下，才回神過來，伸手壓拭眼角溢出的淚水，勉強露出笑臉說。

「不好意思，我好像不應該跟你說這些。你跟近堂先生年輕的時候實在太像了，所以……」

我還是不曉得該怎麼接話，只是深深體會到人生際遇真的很不可思議。

我陪春香的母親再聊了一會兒，就走出春香家，連春香的病名都忘記問就離開。

我跨上腳踏車，從路邊朝春香在二樓的房間望了一眼。那隻大象玩偶跟我來的時候一樣，依然背對著窗戶，彷彿在替我守護著春香。

（春香就拜託你了！）

我對著窗邊的大象玩偶的背影說，默默拜託它保護春香，然後握著春香給我的信騎車回家。

我每踩一下踏板，嘴巴就默唸一次：「春香加油！」

我很自然地來到山腳邊的神社。

這是我第一次不是在新年或祭典時參拜神社，而且有所祈求。那天神社裡沒有攤販和信徒，少了香火鼎沸的氣氛，讓我幾乎要錯以為自己是第一次前來參拜。

百年神木隨風搖曳，枝葉沙沙作響。

由於神木枝葉茂密遮蔽日光，參道已散發出秋的涼意。

那時，我可以為春香做的只有祈禱。

其實我沒宗教信仰，只是不知道除了求神還可以做什麼。

我投錢許願，擊掌兩下。這是我有生以來第一次這麼認真祈求神明。

——神啊！無論如何請祢救救春香。請祢一定要救她……

我買了神社裡最貴的護身符，打算明天送給春香。

最後一堂課

我一回家馬上奔回房間拆信。

信封裡躺了一張信紙和一架紅色紙飛機。

（是我以前看過的那個……）

我一直很好奇，春香為什麼沒把那架紅色紙飛機給我？而飛機裡又寫了什麼？

我決定先打開紙飛機，上面寫著的……是春香那天說過的話。

那天，春香的確說過類似的話。

「人生只有一件事是確定的，就是我們遲早有一天會死。」

人生只有一件事

是確定的……

所以……那天春香沒把這架紅色紙飛機給我，可能是擔心這段話會暗示自己的死亡。

但是，今天春香把這架紅色紙飛機裝入信封內送給我，絕對不是為了告訴我：「哪天我也會死。」

即使已走到生命盡頭，她還是努力當我的人生導師。

我彷彿聽見春香的聲音。

「……所以，人生沒有一件事是確定的。只要努力就會成功！我相信洋介一定可以，我說的話絕對不會錯！」

一想到這裡，我的淚水又潰堤了。

我接著看信。

看完信，我待在房間失神地度過一天。

我望著並排在桌上的白、藍、黃、綠、橘、紫，還有剛拿到的紅色紙飛機。我想不出今後春香會飛到那裡，只能任眼淚再度潰堤。我想了很多，都是想了也沒用的事，但我就是沒辦法停止思考。

老爸一定知道春香家的事，但是我沒心情問，只能繼續躺在床上望著天花板胡思亂想。

我在心裡發誓：「明天一定要用開朗的態度去看春香、給她打氣。今天是被突如其來的壞消息嚇到了，但越是這種時候，越要笑著給春香打氣，不是嗎？以前春香不管多痛苦，也都是笑著為我打氣，這次輪到我了！」

那天夜裡，我一點也感覺不到太陽西曬的餘熱，不知不覺地就睡著了。

我還有明天，可是春香已經沒有了。

春香的病情在日期變換的前幾分鐘急速惡化，不等「藤子阿姨」叫的救護車到，就安靜地停止了呼吸。我昨天對神明的祈求，一點用也沒有。人們常說親人或好友快要過世時，最親近的人會有心電感應，為何我什麼都沒感覺到？我好生氣。

我忘全忘了昨天的誓言，一個笑容都浮不出來。

八月三十一日。

我到春香家參加喪禮，把大象玩偶和從神社買來的護身符放進棺木中，和春香說再見。

今天是夏天的最後一天。

我和春香兩個人的夏天，就此畫上句點。

九月了。學校開學了。

我的生活又倒回到遇見春香前的樣子。除了我之外，沒有別人認識春香。周遭環境和一個半月前沒兩樣，我的生活回復到了以前的樣子。

不過，我的生活態度和以前完全不同了。這似乎是我和春香，在那年夏天相遇的唯一證據。

如果放學之後天氣不錯，我就抱著畫具去公園畫畫。

我經常看著那張小小的鞦韆看到出神，想像白色的洋裝隨風飄逸。

下雨天，我就到圖書館看書。

起初，我總覺得春香好像會從閱覽室的哪邊探出身子；可是當我起身尋找，她的身影就會消失。

每天晚上我發瘋似地狂念英文。

我把所有時間，都花在實現人生的目標上。

隨著時間過去，我開始會問老爸有關春香她父親的事，也因此和他變得有話聊。半年後，我聽說春香的母親，也就是藤子阿姨把那棟豪宅賣掉了。

勝利女神

算算時間，從我最後一次聽到「藤子阿姨」，到今天已經二十個年頭過去了。

回想起來，我的人生好像在那瞬間結束，然後再次重生。

二十年前的夏天，我和一位名叫春香的女孩相遇，我之前的人生就在那瞬間結束，然後重生了。

對我而言，她是幫助我這一生邁向成功的勝利女神。

託春香的福，我成功地走在璀璨的人生道路上。

我變成社會上多數人公認的成功者，更難得也更重要的是，我敢自信地說出自己成功了。

我最早寫的那張人生清單被我改寫了好幾次，早就不是最初的內容，而且連我自己都不記得當初是怎麼寫的了。但值得慶幸的是，我真的實現了好幾個夢想。

如果沒遇見這個名叫春香的少女，我可能連一個夢想都實現不了，更不可能在這一生中，幸福地把那麼多偉大的夢想一個個抓在手裡。

我活出了自己。

我實現了我和春香的第一個約定。

當然，我不認為自己已抵達夢想之路的終點。因為我知道：今後的人生，只有一件事是確定的。

所以我要繼續懷抱偉大的夢想、繼續用我的人生實現偉大的夢想。

我沒忘記我和春香還有這個約定。

我的人生路還長呢！沒什麼好著急的。我要陪著女兒和佳慢慢成長，和她一起慢慢實現我和春香的另一個約定。

隨著時間流逝，有時我真的懷疑，自己曾經遇過那位名叫春香的少女嗎？那段不可思議的故事會不會是我自己在腦子裡編出來的？每當我產生懷疑的念頭，我就仰望電燈下的那一串紙飛機。我把春香送我的那七架已褪色的紙飛機，用繩子串在一起吊在電燈下，讓它們一起在天空翱翔。

那串紙飛機總是提醒我，春香如何活出屬於自己的璀璨人生。

那串紙飛機，也證明了那年夏天的故事並非虛幻，是我真實的人生故事；證明春香曾活在這世上。

能夠證明春香真實存在過的東西，當然不只那串紙飛機，還有春香臨別前交給我的那封信。那封信交代我這一生要成功、要富有、要活得燦爛，信裡寫滿重要的人生課題。

每當我重讀那封信，我就覺得每天都很重要、每位親友都是我的祝福，還有人生有多麼美好！

我還會想起春香那張古靈精怪、老愛抿嘴的笑臉。每當我想起她的笑臉，我就會充滿溫柔堅強的力量。我相信，直到今天，我的「勝利女神」依然守護我繼續邁向成功。

信

洋介：

當你讀到這封信，

代表我已經離開這個世界，而你來送我最後一程了。

對不起，我隱瞞你生病的事。

還要跟你對不起，把你捲進我自己的問題裡。

跟你在一起的最後一個月，我過得很幸福。

謝謝你，真的很謝謝你。

其實，我十年前就認識你了，
你就是我說過，「在我生命中佔有重要地位」的那個人。
小時候，我就曾在之前和你一起去的那家動物園見過你。
你不記得了嗎？
我曾給你看過的那個小熊錢包，就是那時你送給我的。
你父親應該還記得那天的事吧。
他在幾年前寫給我媽媽的信裡，還曾經提過那天。

我很喜歡你送我的那個零錢包，
每天都一定要隨身帶著它，
不知道從什麼時候開始，我就一廂情願地把它當成我的寶貝。

一廂情願地決定你送我零錢包的那天，是我這一生寶貴的回憶。
就這樣不知不覺地，
你就成了在我遇到困難時鼓勵我的好朋友。
每當我看到這個零錢包，
就好像聽見你在對我說：「加油！」
你一定覺得我很可笑吧？明明我們就只見過一次面。
其實我也覺得自己很可笑。
可是，我真的因為那樣獲得面對困難的信心和勇氣。
那種好朋友為好朋友加油打氣的感覺！
所以我決定，一廂情願也好，你就是我的好朋友。
真的，你幫我度過了不知多少次的難關。

知道自己的生命所剩不多的時候，我就很想再見你一面，
想當面跟你說謝謝！
所以，我們這次的相遇不是偶然。
我想再見到你，跟你說謝謝，
但我也覺得不能只說謝謝，應該要實際回報你一些東西。
於是，我把這件事當成我可以為這世界做的最後一件事。
我好希望你覺得：遇見妳真好！

一開始我覺得那樣就夠了，
以為那樣自己就能開心、了無遺憾地離開這個世界。
可是啊，人真是貪心。
越和你見面，我就越覺得那樣不夠，

這樣我心裡會有遺憾。我知道這又是我一廂情願，

但請你答應我兩件事，就當作答應好朋友的遺願好嗎？

第一個心願：

其實這不算我對你的要求。

你自己在前幾天就說過，要開始過新生活，要擁抱夢想

——而且是任何人都無法比擬的偉大夢想，還要努力實現它。

我希望你繼續努力，更要祝你美夢成真！

對我而言，最開心的事莫過於我能幫你實現夢想了。

不過，我說過什麼其實也不重要，

重要的是：你實現了自己親手描繪的夢想。

所以從今以後，
你要珍惜每一天，
每天為實現夢想前進，
就算只是一小步也沒關係，我相信你可以的。
我在知道自己病得這麼重以前，完全沒想過要珍惜人生中的每一天。
所以，我不能跟你裝出一副自己很偉大的樣子，
可是我現在真的覺得：人生中的每一天都很重要。
生病以後我常想：誰能保證自己活得過明天呢？
可是為什麼大家都不珍惜當下呢？
所以，我希望你盡你所能過好每一天。
對不起哦，說著說著就自以為是了起來……
總之，這是沒有明天的我的心願。

我的第二個心願是，
我沒有明天這件事，代表另一個人也沒有了明天。
那就是我爸爸。
我想，你在讀這封信時，應該已經知道，
我爸爸在我不到一歲的時候就去世了。
我爸爸也沒料到自己會那麼早走，
可是他寫了日記，留下很多訊息給我。
他希望萬一他不在了，
可以用那本日記，繼續陪他女兒過完幸福的一生。
爸爸寫的每一篇內容都很棒，
我跟你說過的話，其實都是我爸爸在日記裡對我說的話。

爸爸用日記教我堅強、開朗、快樂度過一生，
還教我實現夢想的方法。
你一定也感覺得到，那是一個父親對子女的愛。
雖然我對爸爸沒什麼印象，但我每次讀爸爸給我的日記，
都很感激爸爸這麼愛我。
所以，我的人生也就是爸爸的人生，
我必須珍惜人生裡的每一個日子。

說到這裡，我的人生也快要結束了。
不對，其實在你讀到這裡的時候就已經結束了。
我的人生結束，等於爸爸的人生也結束了。
想到這裡，我就覺得很對不起爸爸。

因為他特地留下那麼好的東西給我……

我不想讓爸爸的夢想隨著我結束。

所以我想拜託你：

請你收下我爸爸的日記，

我媽媽也覺得給你會比她留著好。

爸爸從我還沒出生就開始寫日記，寫下幫助我幸福的話語，

而且讓我不管是男是女，都能因為裡面的話語而幸福。

所以，我覺得這本日記一定也可以幫助你邁向成功、掌握幸福的人生。

與其說我拜託你，不如說這是我的心願，

我希望你成功、幸福。

有一天你會遇見你愛的人，
然後和她結婚、共組家庭。
你們會有愛的結晶……我猜小孩一定是女生。這是我的直覺。
你一定也會希望她成功，或者也希望其他人成功。
我希望你能為那些人，寫下你無論如何都要他們知道的話。
就像我爸爸為我寫日記一樣。
我想對方一定會很高興的。

對不起，一直跟你要求這麼多。
你不用把那本日記的內容當成是硬性約定，
我也不希望那些建議使你為難。
我只是希望你可以利用它，幫助自己走上璀璨的人生。

但有件事，請你無論如何不要忘記：

珍惜每一天，每天朝夢想邁進，就算只有一小步也足夠，
不要因為實現夢想的方法受困，
要相信自己能實現所有美夢。
我相信你可以的！
因為你已經用這種態度在過生活了。
你要懷抱著夢想——任何人都無法比擬的偉大夢想！
你要活出自己的人生——任何人都模仿不來的人生！
我知道你已經跨出這一步了！
只要你朝這方向一直走下去，你一定會成功的！

我會在遙遠的地方永遠為你加油！

對不起！

謝謝你！

加油！

你的好友　春香筆

後記

二〇〇五年初夏。

有位高中男孩來找我。

他是我指導到國中畢業的學生。那時他高中二年級，抱著我寫的《第九位賢者》坐在椅子上。

那學生的哥哥（也是我的學生）曾告訴我，他一上高中就被診斷出腦內長腫瘤，還有他那時的病情。我看著他的頭，彷彿也看到了他腦子裡的腫瘤。

我問他說：「你好嗎……？」

他國中時代非常開朗，那天他也很開朗地回答說：「很好啊。每天都有去上學。」

我從他後來的話才知道，以他那時的狀況絕對稱不上好。借用他自己的說法是：像顆不定時的限時炸彈。聽他這麼說，我幾乎接不上話。

他竟然不顧病情嚴重還來找我。

「媽媽覺得這本書根本就是為我寫的，所以她要我來跟老師道謝。」

他說完便害羞地拿出《第九位賢者》，要我送他幾句話和簽名。

我一邊想著要送他什麼話一邊聽他說。我很不習慣給人家簽名，不過我還是寫了。

我終究沒能寫出什麼令他受用的話。

我看著他的背影、目送他離去。他步伐緩慢，走得有些踉蹌，那走路的姿勢簡直不像我認識的他。他走到門口時，特地轉身向我鞠躬說：「謝謝老師。」他還是像我認識的那樣禮貌。今昔對比，真叫人痛心。

我後來才知道，那時他的狀況真的非常不好。

二〇〇五年秋天。

我的岳母過世。我和岳母只在新家落成前同住過一陣子。岳母過世前幾天還很有活力，一會兒打掃庭院，一會兒替拉門換窗紙。沒想到因為腦中風突然倒下，昏迷、住院幾天，最後醫師宣告束手無策，連家門都沒回就撒手人寰。那天正是岳母期待以久的新居落成之日。

毫無預警的別離，讓我們全家籠罩在悲傷的陰霾之中。我們不知道該如何面對那毫無預警的死訊，尤其是我妻子。

法事期間，從前每天黏著外婆玩的一歲半女兒常指著岳母的遺照，開心地叫「外婆、外婆」，讓我聽得更是悲從中來。

岳母死後不到一個月，就傳來夏天回來找我那學生的死訊。

我是在他頓失明天那個瞬間，聽到他的死訊。

後來，當我走在街上，發現身邊的高中生幾乎都以為明天會來是理所當然的事。他們有許多煩惱，卻什麼事都不做，只是拿這些煩惱當藉口，站在原地繼續浪費時間。他們對未來感到惶恐不安，也無法掌握自己的人生，卻誤以為時間是無盡的，可以盡情揮霍。揮霍人生的年輕人實在太多了，但不只是年輕人，大人恐怕也是如此。

很多人都知道「生命是不可預期的」這句話，卻依舊理所當然地以為明天照樣會來。

有位知名電影導演曾說：「思考死亡代表活著。就好像鐘擺運動，其中一邊的擺幅越大，另一邊的擺幅也會跟著越大。人活著不能只想到自己活著，越是思考死亡的人，越能領悟活著的真諦。」

身旁兩位親人的死，給了我思考「人該怎麼活著」的契機。

我曾來沒這麼強烈地感受到：「人應該感謝今天活著的美好、好好地度過每一天」，而且這種想法越來越強烈。我深深覺得，這麼想不是為了去做那些不得不做的事，而是為了完成自己想做的事。

感謝大家讀完我的作品。

我寫這本書的動機是不想要讓摯愛的「死」在「悲傷」中結束。我告訴自己，我一定要把他們的「死」轉化為「生」！

我從那兩位摯愛的親人、學生那兒收到的訊息是：「你現在還活著。所以你一定可以做些什麼！」

我把他們兩位給我的訊息，加上我自己的想法：「人生只有一次，一定要活出自己、活得燦爛！」

若這本書能為大家帶來思考生活態度的契機，讓各位因此活出璀璨的人生，那將是身為作者的我的最大喜悅。

想要抒發讀後感想的讀者可以寫信寄到出版社，或打電子郵件寄到左頁提供的電子信箱。我一定會一一拜讀。

最後，我要在此感謝妻女的一路支持；感謝「So-mei」的森末、鷲井、宮川、松尾、楠本等成員經常提供我故事靈感；感謝我的學生為我的人生增添許多歡笑和感動；感謝干場先生與該社全體同仁經常在寫作上給予寶貴意見；感謝曾經給我指教的人。

謝謝你們！

二〇〇六初夏
作者筆

※感想請寄至：kitagawa.yasushi@s2.dion.ne.jp